中国·义乌故事丛书 | 牛建农主编

从村庄到村庄群
Cong Cunzhuang Dao Cunzhuangqun

牛建农　吴广艳　著

东南大学出版社
SOUTHEAST UNIVERSITY PRESS
南京·2019

内容提要

本书以"天、人、产业、历史文化、城市、村庄"六大要素构成一个研究框架,解析20年来义乌村庄建设在上述六大要素的互动中快速发展的历程,系统深入地总结了义乌村庄建设经验,并对节地型村庄建设进行了深入研究。

本书适合城乡规划建设工作者、农村基层干部、农民和宣传工作者、社会科学工作者阅读与参考。

图书在版编目(CIP)数据

从村庄到村庄群/牛建农,吴广艳著. —南京:东南大学出版社,2019.7
(中国·义乌故事丛书/牛建农主编)
ISBN 978-7-5641-8462-9

Ⅰ.①从… Ⅱ.①牛… ②吴… Ⅲ.①故事-作品集-中国-当代 Ⅳ.①I247.81

中国版本图书馆CIP数据核字(2019)第124344号

书　　名:从村庄到村庄群	
著　　者:牛建农　吴广艳	
责任编辑:徐步政　李倩	邮箱:1821877582@qq.com
出版发行:东南大学出版社	社址:南京市四牌楼2号(210096)
网　　址:http://www.seupress.com	
出 版 人:江建中	
印　　刷:江苏凤凰数码印务有限公司	排版:南京布克文化发展有限公司
开　　本:787mm×1092mm　1/16	印张:7.25　字数:160千
版 印 次:2019年7月第1版	2019年7月第1次印刷
书　　号:ISBN 978-7-5641-8462-9	定价:39.00元
经　　销:全国各地新华书店	发行热线:025—83790519　83791830

* 版权所有,侵权必究

* 本社图书如有印装质量问题,请直接与营销部联系(电话或传真:025—83791830)

丛书编审委员会

主　任　吴浩军
副主任　阮梅洪　杨文挹
委　员　吴浩军　阮梅洪　杨文挹　吴广艳
　　　　张立文　曾志强　牛建农

总序

编写这套丛书,我们的主旨在于总结、介绍义乌经验,讲述义乌故事。

总结经济社会发展经验,可以从各式各样的文化背景、发展理论出发。最常见的情况是从传统发展方式(或称工业文明发展方式)出发,用传统发展方式的理论和标准体系来套义乌实际,这样做省心又省事。然而,问题在于:义乌的发展奇迹并不是按照传统发展方式创造出来的。义乌的发展奇迹是义乌人民在中国共产党领导下,在改革开放年代,坚持以人为本的科学发展方式创造出来的典型,而不是传统发展方式指导下的以物为本的案例。总结义乌经验,必须从义乌实际出发,不能张冠李戴。

历史上有很多精彩的战例,比如围魏救赵、淝水之战、赤壁之战,通过这些战例,人们可以对孙子兵法等军事理论有更深入的了解。发展方式也需要"战例"。为了贯彻、落实"科学发展观""习近平新时代中国特色社会主义思想",我们必须总结各地的好经验,比如义乌奇迹、华西村经验、永联村经验、洛川发展苹果产业的经验、东阳花园村经验等,汇成科学发展观、新时代中国特色社会主义思想的"战例库"。经济学家、理论工作者应该从中总结、提炼出一整套以人为本的评价体系,以此来衡量我们以人为本的科学发展。否则,一面说践行科学发展观,一面又只有别人的案例、只有以物为本的评价体系,只能用以物为本的评价体系来套我们以人为本的科学发展,这种扭曲与脱节的现象于我们伟大的事业十分不利。

我们在推进科学发展,这是前人没有做过的事情。所以,总结经验也好,形成评价体系也好,都只能靠我们自己,靠我们自己从人民的实践中总结、创建。

这套丛书,主要是讲事实,讲义乌人民创造发展奇迹的实实在在的事。我们选取了几个不同的角度,即"三农"(农民、农业、农村)发展的角度、历史文化的角度、美丽乡村建设的角度、城市发展的角度和工业发展的角度等等,希望能立体地、全面地展现义乌人民的精神、智慧和他们的业绩、经验。

事情要靠人来做,人民需要自己的带头人。2018年1月11日,《浙江日报》刊载长篇通讯《功成不必在我 福祉留于百姓——记敢于担当、积极作为的义乌老干部谢高华》,并配发评论员文章《新时代呼唤更多"谢高华"》,在社会各界引起强烈反响;1月15日,《新华每日电讯》以整版篇幅刊发长篇通讯《离开义乌30多年,这位退休厅官为何有这么好口碑》,发布不到10个小时,新华社公众号平台点击阅读量就超过了100万次。金华和义乌的报刊,随之连篇发表报道谢高华先进事迹的文章。由此,总结义乌经验、讲好义乌故事的工作进入了一个新阶段,这一新阶段的突出特点将是以人为本。

牛建农

前言

改革开放以来,我国乡村建设经历了从农民建房到新农村建设、社会主义新农村建设、美丽乡村建设的若干个发展阶段,内容不断丰富、内涵不断扩展,村庄面貌发生巨大变化,农民生产、生活条件得到很大改善,村庄规划、建设的理论和方法也在实践中取得了长足的进步。

党的十九大提出的乡村振兴战略,掀开了我国乡村建设的新篇章,赋予了乡村建设全新的意义。从实现中国梦、实现全体人民共同富裕、实现城乡融合发展的全局出发,乡村建设必须重新定义自己的任务、地位和考核标准,乡村建设的理论、方法、路径也必须以科学发展观和新发展理念为指导,进行开创性的研究与探索。

村庄是乡村空间中人和产业集聚的节点。村庄建设是乡村建设最重要的内容。自古以来,农民建房(一家一户的农居建设)一直是村庄建设最重要的内容和形式。自20世纪90年代中后期开始,我国的村庄建设进入了以规划为龙头、以村庄为单位的新的发展阶段。20年来,村庄建设规划从无到有,从村庄平面测量起步,借鉴城市规划建设的理论、方法,探索前行,完成了巨大的工作量,积累了丰富的经验。

实施乡村振兴战略,必然要求传统的村庄建设活动向乡村振兴战略下的村庄建设转型。这种转型,不可能一蹴而就,对不同类型案例进行认真分析、总结,形成新的认识、理念、理论和方法,是必做的功课。

地处浙江中部、金衢盆地东端的义乌,原本是一个贫困的农业县。自1977年始,义乌农民以村庄为依托办厂、经商,点燃了乡村工业化和商贸业发展的星星之火。这其中,义乌农村传统的"鸡毛换糖"产业链,发挥着至关重要的作用。从事"鸡毛换糖"活动的货郎们,挑着担子,把义乌农民生产的红糖制品和家庭手工业产品销售到了邻近的江苏、江西、安徽诸省的广大农村。1982年,义乌县委、县政府经过深入调研,对农民通过经商、办厂增加收入给予高度肯定,并形成了"义乌农民有经商传统,农民中的经商能人、能工巧匠是义乌最大的优势"的共识,为义乌开辟以人为本的科学发展之路奠定了思想基础。1982年9月,义乌县城开放了小商品市场,上千农民成为市场经营主体。这一具有历史性、决定性意义的改革举措和随后出台的以允许农民经商、务工、办厂为主要内容的"四个允许"政策,在计划经济的壁垒上打开了一个缺口,开辟了义乌市场经济改革的新天地,乡村中被封堵已久的巨大生产力如决堤之水奔涌而出。在"兴商建市"战略的指引下,以农民为绝对主体的义乌人民,以高涨的热情和百折不挠的精神创业、创新,开创了工商融合、三次产业融合发展的新格局,推动义乌经济社会奇迹般的持续快速发展。1982年,义乌粮食产量达到破天荒的30.12万吨,较上年增长近20%;1985年,义乌地区生产总值达到5.06亿元,是1981年开放小商品市场前的2.53倍。农民收入快速增长,农村建房出现高潮,人均占房面积迅速扩大。据1987年《义乌县志》提供的数据:1949年,义乌全县农村房屋面积共534.3万平方米,人均占房面积16.2平方米;1977年,全县农村房屋面积共873.1万平方米,人均占房面积16.1平方米;1984年,全县农村房屋面积共1 166.3万平方米,人均占房面积19.88平方米,比1949年、1977年均有较大幅度增长。

20世纪90年代后期,由政府推动的以清理垃圾、改善村庄卫生状况为主要内容的村庄环境治理,拉开了义乌新农村建设的序幕。1999年,统一规划、统一建设的大陈二村新村建设,标志着以村庄为单位的义乌村庄建设新纪元的到来。

伴随着城乡经济的快速发展,义乌的村庄建设突飞猛进,其成就成为义乌经济社会发展奇迹的重要组成部分。2002年,义乌相继出台了《关于加快农业农村现代化建设的决定》和《义乌市加快农业农村现代化建设实施意见》,要求全市800个行政村,按照各自不同的基础条件,从"道路硬化、卫生洁化、路灯亮化、家庭美化和环境优化"(义乌人将此称为"小五化")五个方面入手,采取旧村改造、环境整治、村庄整理、下山脱贫四种方式,分类、分批推进农村现代化建设。

2003年,已经发展为国际商贸名城的义乌,出台了《义乌市城乡一体化行动纲要》(以下简称《纲要》)。《纲要》提出,城市化与新农村建设的目标是城乡一体化。同一年,浙江省启动了"美丽乡村建设工程",对社会主义新农村建设提出了新的要求。

《纲要》的指导思想是"围绕把义乌建设成为以国际性小商品流通中心、国际性小商品制造中心、国际性小商品研发中心和国际购物天堂为支撑的国际性商贸城市的目标,统筹城乡规划和建设,统筹城乡人口和产业布局,统筹城乡配套改革,统筹城乡精神文明建设,因地制宜、分区分步推进农村建设和发展,促进城市基础设施向农村覆盖,促进城市公共服务向农村延伸,促进城市文明向农村辐射,力争通过近20年努力,使义乌整个市域实现城乡一体化,全市人民共享现代化的文明生活"。《纲要》指出,城乡一体化行动"是工业化、城市化和农业农村现代化的战略融合",实施《纲要》,就是要"将义乌1 105平方千米市域进行整体性、一次性的规划,整合人口和产业布局,优化各种资源配置,缩小城乡差距,促进城乡一体化"。

根据《纲要》提出的构想,《义乌市城乡一体化社区布局规划》(以下简称《规划》)于2003年编制完成。这是全国第一个市域(县级市)城乡一体化社区规划。《规划》将整个市域划分为四个区,即主城区、副城区、城郊区和远郊区。《规划》引入社区的概念,将主城区、副城区内的村庄规划为城市社区;把城郊区内的村庄,规划为农村新社区。全市共划分为289个社区,其中城市型社区196个,城郊型农村新社区93个。

在此后多年的实践中,义乌新农村建设逐步形成旧村改造、村庄整治和"异地奔小康"三种模式。旧村改造,是一种整村统一规划、全拆全建的建设模式;村庄整治,是依托村庄原有基础与空间形态,逐步进行全面整理与必要新建的建设模式;"异地奔小康",是将偏远山区村庄的居民搬迁下山,择地新建,并将其原山区村庄拆除,对其原建设用地进行复垦。

在21世纪最初的10余年里,全拆全建的旧村改造模式快速推进,成为义乌美丽乡村建设的主导模式。据2012年的统计,全市有200个以上的村庄实施了旧村改造,建成了整齐划一的小洋楼新村(其中,有一半以上是城中村或园中村、镇中村)。与此同时,全市其他的村庄,都开展了村庄整治工作。而"异地奔小康"模式,则在深入调研之后,尊重农民意愿,进行了重大调整。

在人多地少和城市化持续快速推进的义乌,建设用地资源和耕地资源显得特别珍贵。深受人们喜爱的旧村改造模式,很快就因其新村建设用地严重超标的问题引发了土地焦虑,"管住"村庄建设用地规模成为政府关注的焦点。相关部门先后制定了许多控制性政策,规划设计单位进行了多方面的节地探索,始终未能获得实质性的成果。

2008年,义乌被确定为浙江省统筹城乡综合配套改革试点。义乌市委、市政府提出了"高低要结合,功能要分区,环境要改善,土地要节约,利益要保障"的村庄建设要求和针对城中村、园中村、近郊村、远郊村等不同类型的村庄采取不同建设方式的思路。田畈村和月白塘村两个试点获得成功。月白塘村的做法是,将政府批准的村庄建设用地的1/3用来建多层公寓楼,安排本村村民居住;将其余2/3的建设用地用来建设高层住宅楼和标准厂房,用以出租,使全村村民获得稳定、可观的租金收入。这一试点,改变了几千年来农民一家一户建房的传统,创新了村庄建设方式,是一场深刻的革命。月白塘村为节约村庄建设用地、增加农民收入,开辟了一条切实可行的新路。

划定建设用地红线,是城乡规划建设工作行之有效的、必不可少的重要方法。然而,在许多时候,红线也束缚了人们的思想和行动,只在红线内规划和建设房屋、道路成为普遍现象。义乌的规划师,在"跳出红线",放眼村庄全域,充分调动、优化配置村庄的山水湖林田草等物质资源和历史文化资源的探索中,收获了丰硕的成果。

在探索中快速前行的义乌村庄规划、建设工作,不断创新,不断调整,积累了宝贵的经验。人们逐渐认识到:从统筹发展和融合发展的高度看,无论农民建房还是以村庄为单位的村庄规划、建设,都不可能孤立地进行,都是在"天、人、产业、历史文化、城市、村庄"这六大要素的互动中展开的。正确地认识和处理村庄建设与"天、人、产业、历史文化、城市"这些要素之间的关系,是科学地开展村庄规划、建设活动的前提。

中国传统文化中有"五行说",认为"金、木、水、火、土"五行相生相克。"天、人、产业、历史文化、城市"这五大要素与村庄建设之间,同样是一种"相生相克"的辩证关系。

村庄建设是在自然环境中展开的。"天"为村庄提供环境和资源,但"天"也制约着村庄。村庄规划不应该"画地为牢",将自己关闭在村庄建成区或村庄建设用地红线内,而应该走向田野,放眼村庄全域乃至更为广阔的空间,谋划包括山水林田、光热水气等一切资源的优化配置;村庄规划、建设必须顺天而为,在开发与利用中改善资源条件,改进人与资源结合的方式,实现村庄与生态环境的和谐发展。

人是村庄的主人。人聚则村生,人去则村空。人是决定村庄建设诸因素中最重要的因素,人是所有资源中起决定作用的资源。乡村振兴,首先是乡村中人的振兴,是农村人口的现代化。农民的发展,既是乡村振兴的根本目标,也是乡村振兴的必要条件。所以,乡村建设必须将关注的重点落实在人的身上。在乡村振兴和美丽乡村建设的多个主体中,农民是第一主体,农民既是村庄规划、建设工作的服务对象,又是规划、建设活动中的行为主体。村庄规划、建设的根本任务,是满足农民发展的需求。同为村庄规划建设主体的政府和规划师,应该坚守为农民服务的宗旨,尊重农民的意愿,尊重农民的主体地位,充分发挥农民的主体作用而不应越俎代庖。

产业是村庄的活力之源。产业的发展是人生存、集聚的前提和物质基础。业兴而村旺,无业则无村。人推动产业发展,产业发展又塑造人。产业的发展是村庄发展的内生动力,主导产业及其特点、发展水平对村庄物质空间形态的影响极为深刻。从这个意义上说,产业决定空间;村庄物质空间是村民和产业的"容器"。村庄是集生产与生活多项功能于一体的经济体,而不是单一功能的居住地。不能把城市小区的规划思维与方法硬搬到村庄规划中来。村庄的物质空间建设规划必须适应村民发展的需求,而村民的发展,主要是通过产业的发展来实现的。"乐业"方能"安居",村庄必须宜居又宜业。

村庄建设是在历史文化的发展进程中展开的。历史文化积淀是村庄宝贵的资源,同时也"隐含"着村庄空间发展的逻辑:村庄建设规划应该将物质空间建设过程与中华优秀传统文化的传承、创新结合起来。今天的建设活动只是村庄发展长河中的一小段河道,河流还会向前,会面对子孙后代的品评。尊重村庄发展的历史,传承文脉、彰显人文、创新发展是村庄规划、建设的正道。

村庄建设是在城镇—村庄体系中展开的。城市与村庄的关系,在很大程度上是城市与乡村的关系。随着乡村振兴战略和城乡融合发展进程的推进,作为乡村的代表,村庄与城镇之间的联系会越来越紧密,村庄与城镇互促互动的力度会不断增强,城乡之间的差距会不断缩小。村庄建设规划应胸怀城乡融合发展的全局,调动城乡一切可以调动的资源要素,适应城乡人民和城乡市场需求的变化。

以"天、人、产业、历史文化、城市、村庄"这六大要素构成一个研究框架,回首审视义乌村庄建设发展的历程,深入总结义乌村庄建设的经验,为即将展开的乡村振兴大局中的村庄建设提供有益的借鉴,是本书写作的初衷。

近年来,在义乌乡村发展和村庄建设中出现了许多新动向:在农民、农业、农村现代化的进程中,新产业、新业态、新的资源利用方式、新的产业组合方式和新的劳动者组织方式,正在突破传统发展方式的束缚,正在突破单一物质空间建设的村庄建设理论、方法的桎梏,正在突破以村庄为单位的建设模式;三次产业的融合发展,特别是规模化现代农业的快速发展,催生了以产业为纽带的、由相邻若干个村庄组成的村庄群。村庄群这样一种全新的人口、产业集聚方式,虽然是"小荷才露尖尖角",却已经显示出强劲的生命力和巨大的优越性。可以预见的是,在未来我国乡村空间网络中,将不再只有村庄这样一种节点,而是村庄和村庄群两种节点并存的格局。村庄群的规划、建设将成为未来美丽乡村建设的重要内容,我国的村庄建设也将步入又一个新的发展阶段。

基于这样的预期,本书对村庄群的发展及其在乡村振兴战略中可能发挥的重大作用以及村庄群的规划、建设,进行了初步研究。

目录

总序 ··· 4

前言 ··· 5

第一章　土地焦虑 ··· 001
　　第一节　全拆全建的旧村改造模式引发深刻矛盾 ···························· 001
　　第二节　"零增地"政策遭遇重重困难 ··· 007

第二章　节地探索 ··· 012
　　第一节　向空中发展 ·· 014
　　第二节　"居住上山" ·· 016
　　第三节　"全高层"和"功能分区"试点 ··· 017
　　　　一、田畈村全高层试点 ·· 021
　　　　二、月白塘村功能分区试点 ·· 024
　　　　三、田畈村和月白塘村试点的启示 ··· 030

第三章　跳出红线 ··· 034
　　第一节　村庄建设规划必须从村庄实际出发 ··································· 034
　　第二节　村庄建设规划必须坚持融合发展理念 ································ 035
　　第三节　村庄建设规划必须围绕产业发展展开 ································ 036
　　第四节　村庄建设规划必须坚持以农民为中心 ································ 038
　　第五节　村庄建设规划必须突出特色、发挥优势 ···························· 040

一、上溪镇溪华村村庄建设规划 ·· 040
　　二、《义亭镇缸窑村文化古村建设及旅游产业发展规划》 ·············· 047
　　三、跳出"红线"天地宽 ·· 064

第四章　模式调整 ··· 065
　第一节　"异地奔小康"模式 ·· 065
　第二节　农民意愿调查 ··· 067
　第三节　山区村庄的优势与问题 ··· 068
　　一、资源丰富是山区村庄的巨大优势 ··· 069
　　二、"银发社会"的困境 ··· 075
　第四节　模式调整 ··· 079

第五章　村庄群 ·· 088
　第一节　一个旅游精品线路规划引发的思考 ······································ 089
　第二节　产业带与村庄群 ·· 093
　　一、村庄群——产业带空间中的新型经济文化共同体 ····················· 093
　　二、村庄群具有多方面优势 ··· 095
　第三节　村庄群规划建设思考 ··· 098

主要参考文献 ··· 102
图片来源 ··· 103
表格来源 ··· 104
后记 ·· 105

第一章 土地焦虑

大陈镇大陈二村是义乌第一个以村庄为单位实施统一规划、统一建设的村庄。以大陈二村的建设为标志,义乌的村庄建设结束了农民各自建房的历史,进入了以村庄为单位统一规划建设的新阶段。

大陈二村开创了义乌全拆全建旧村改造模式的先河:在很短的时间内,村庄原有建筑全部拆除,平整土地后,在村庄原址盖新楼房。新村落成,建筑整齐划一,村庄面貌焕然一新,农民兴高采烈地入住小洋楼,四面八方前来参观的人络绎不绝。

在大陈二村的示范作用下,以村庄为单位的全拆全建的旧村改造模式在全市迅速推开,一个又一个旧村从地平线上消失,一个又一个由小洋楼组成的新村拔地而起。人们乐观地估计,如此发展下去,10年、20年之内,义乌的村庄将全部变成洋楼群,昔日的贫困落后将从此不见踪迹。然而,在快速推进的过程中,全拆全建模式的弊端也逐渐显现出来,最先引起政府高度关注并深感焦虑的是土地问题。

第一节 全拆全建的旧村改造模式引发深刻矛盾

过上城里人的日子,住上城里人住的洋房,是中国农民世世代代的梦想。1999年编制完成的《大陈二村小区详细规划(1999—2010年)》(图1-1),图纸上画的全是小洋楼。

大陈镇本来是义乌的一个穷镇。改革开放之初,农村服装产业在大陈镇勃然兴起,大陈镇农民由一家一户缝制衬衣到成立缝纫小组、服装厂,推动大陈镇服装产业快速崛起,大陈镇成为闻名全国的衬衫生产基地。大陈二村毗邻大陈镇区,全村336户,户籍人口1 055人,是大陈镇最早兴办服装工业的村庄之一,全村几乎家家都在生产衬衫。1998年,该村已拥有了年产衬衫数十万件的生产能力。产业强,农民富,2004年,该村实现工业产值7.3亿元,村集体总资产达到2 800万元,农民家庭人均纯收入突破了万元大关,较当年义乌全市农民家庭人均纯收入的6 969元高出3 000多元,是当年全国农民人均纯收入(2 936.4元)的3倍多。

农民有了钱,就要建房,过去是一家一户各自建,当21世纪即将到来的时候,大陈二村为全市带了个头,实施以村庄为单位的全村统一规划、统一建设。

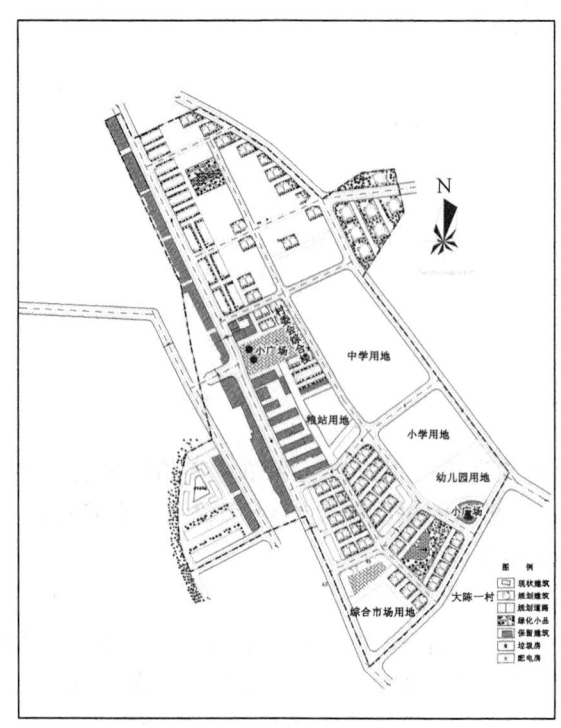

图 1-1　大陈二村小区详细规划总图(1999—2010 年)

农居是村庄建筑的主体,也是农民最为关注的村庄建设项目。《大陈二村小区详细规划(1999—2010 年)》设计出四种建筑形式供村民选择:其一为单体别墅(3 层),别墅的数量不大,都安排在村庄建设用地东北部的小山坡上;其二为仿照城市"花园洋房"设计的两户连体别墅(规划设计为 4 层);其三为多户连体的 4 层"垂直房";其四为 6 层高的"水平房"(即公寓楼)。

在公寓楼里,户主所拥有的住房以套(或间)为单位计算,处于同一平面上,故称"水平房";在义乌实施旧村改造的新村中,"垂直房"多为 4 层或 3 层,其建筑形式是多户连体,每户均有地有天,有自家的楼梯上下,形成一个相对独立的单元,从上到下,从一层至顶层,均属同一户主所有,故称"垂直房"。在一个连体中,各户的进深是一致的,建筑面积则依家庭人口的多少而有所不同。

新屋建成后,农民陆续入住。至 2006 年,大陈二村新村共有 225 户农民迁入新居,其中,单体别墅 8 户,两户连体别墅 58 栋、116 户,"垂直房"25 户,"水平房"76 户。

以村为单位统一规划、统一建设新村的一大好处,是可以一次性为村庄配套建设公共建筑和基础设施。大陈二村的新村建设,为村庄安排了村委会办公用地,规划了村委会综合楼并在楼前设小广场;安排了菜市场和综合市场用地,安排了中学、小学和幼儿园用地以及村庄绿化用地。

建成后的大陈二村,水泥路网横平竖直,掩映于鲜花绿树之间的小洋楼整齐排列,村庄干净整齐——大陈二村新村成为义乌农村新面貌和义乌农民新生活的样板(图 1-2 至图 1-8)。

图 1-2 大陈二村两户连体带花园别墅的一种样式

图 1-3 大陈二村两户连体带花园别墅的另一种样式

图 1-4 大陈二村排列成新的村街的两户连体别墅

图 1-5 大陈二村在建的单体别墅

图 1-6　大陈二村沿河公寓楼("水平房")

图 1-7　大陈二村新村

注：近景为单体别墅；中景为两户连体别墅；远景为公寓楼。

图 1-8　大陈二村新村学校建筑

像大陈二村这样有实力的富裕村,在义乌并不罕见。大陈二村全拆全建的旧村改造模式,迅速在义乌推广开来。乡村中的村庄这样建,城中村也这样建,短短10余年间,义乌全市采取全拆全建方式实施旧村改造的村庄(含城中村)达到200多个,占义乌村庄总数的1/4左右。小洋房林立的新村崛起速度之快,令人目眩。以此为代表的义乌新农村建设成就,被列为义乌继小商品批发市场建设之后的又一张城乡建设金"名片"。

然而,全拆全建的旧村改造模式的弊端很快便显现出来。

调查数据显示:在全拆全建的旧村改造模式之下,所有新村的建设用地规模均大大超过旧村原来的用地规模,一般情况是超过50%,个别村庄甚至超过100%。大陈二村旧村原用地为15.70公顷,新村规划总用地为27.86公顷,超过77.5%,即使除掉集镇公建用地(7.64公顷)不算,仅规划中的小区建设用地(20.22公顷)也比原村庄用地多出了4.52公顷,超过28.8%。

透过建设用地这个城乡规划、建设中最基本的问题,全拆全建的旧村改造模式与天的矛盾、与人的矛盾、与产业的矛盾、与城市的矛盾一一暴露出来。

义乌多山,市域北、东、南三面群山起伏,义乌江、大陈江、洪巡溪冲积而成的河谷平原处于市域中部。2010年完成的《义乌市低丘缓坡宜建地块开发利用规划(2010—2020年)》提供的数据显示:在义乌地貌构成中,低中山占36.38%,高丘占14.37%,低丘岗地占25.97%,河谷平原仅占23.28%。

义乌既有的城镇、村庄和耕地,集中分布于河谷平原、山间平原和低丘缓坡地。千百年来,人多地少一直制约着义乌的发展,改革开放以来,特别是进入21世纪以来,城乡建设规模快速扩展,人多地少的矛盾日益尖锐化。

1976年,义乌主城区建成区面积仅为1.5平方千米;1984年,扩展为2.83平方千米;1990年,扩展到5.8平方千米;2007年,扩展到73平方千米,是1976年主城区建成区面积的48.7倍,比1984年主城区建成区面积多出70.17平方千米。与此同时,各个镇的建成区面积也在快速扩展。

义乌市域的总面积为1 105平方千米。1984年,义乌主城区建成区面积为市域总面积的0.26%;2007年,这个比例达到了6.61%。城、镇"摊大饼"式的快速扩展直接导致优质农田快速减少:1949年,义乌全县耕地面积为43.78万亩(1亩≈666.7平方米);2008年,减少至32.07万亩。1998年至2008年的10年间,平均每年减少2 140亩。

1949年,义乌全县户籍人口数为32.99万人;2008年,增至72.39万人。近60年间,户籍人口增长了1倍多。以全市(县)户籍人口总数计算的人均耕地面积,1949年为1.33亩,2008年降至0.44亩,仅为1949年的1/3。

根据《义乌市域总体规划(2006—2020年)》的预测,与2006年相比,2020年义乌各类建设用地总计将增加12 211.95公顷(其中,城镇建设用地增加9 317.7公顷;交通运输用地增加3 059.3公顷;农村建设用地减少1 965公顷)。这就意味着,如果城镇继续按照"摊大饼"的方式扩展,义乌耕地面积和人均耕地面积还将大幅减少。城乡建设与农争地、与粮争地,城镇建设与村庄建设争地的矛盾将愈演愈烈,土地资源、生态环境承载能力制约城乡建设的矛盾将愈演愈烈。

全拆全建旧村改造模式与历史文化的矛盾,也引起了社会各界的高度关注。人们首先注意到的是,旧村改造所产生的焕然一新、整齐划一的新村有点像兵营,而且,所有的新村都是一个模样,"千村一面"问题突出。同时有专家、学者指出,"全拆"把大量极富历史文化价值的传统民居、特色空间一律夷为平地,造成极为惨重的、无可挽回的损失。许多农民也意识到了这一点,2006年,城郊某村在进行旧村改造的时候,村民提出一定要保留村中的宗祠,那是一座百年以上的传统建筑。最后达成妥协,将那座宗祠易地原样重建。

在上述种种矛盾之中,最让决策者焦虑的,是土地问题,是村庄建设与城市建设争地的矛盾。由于城市在快速扩展,旧村改造在快速推进,这个矛盾不但尖锐而且紧迫。

第二节 "零增地"政策遭遇重重困难

为了"管住"村庄建设用地,政府采取了许多举措,制定了一系列政策和法规,提出了实现村庄建设"零增地"的口号,进行了多方面的探索。

2001年,《义乌市旧村改造暂行办法》(义政发〔2001〕113号)规定:"规划住宅占地面积不得超过住宅总占地方案的103%""建筑密度一般为23%—27%""一户只能拥有一处不超限额规定的住宅,各村的户型应根据该村的每户土地补偿方案合理设计"。2006年,《义乌市新农村住房建设实施办法》(义政发〔2006〕55号)规定:"建设用地审批对象人均规划用地不超过90平方米。"2009年,《义乌市城乡新社区建设实施办法》(义政发〔2009〕84号)规定:"建设用地审批对象,以户为单位按下列标准确定安置基数:(一)1—3人的小户安排安置基数108平方米以内,其中,子女单独立户的父母一人安排36平方米以内,二人安排54平方米以内;符合立户条件且未婚的子女安排90平方米以内,已婚未育的子女安排108平方米以内。(二)4—5人的中户安排126平方米以内。(三)6人以上的大户不超过140平方米。"

上述以"零增地"为目标的政策,在实际操作中遭遇到巨大的困难。最突出的问题,是"农民不听话"。

一方面,农民想了很多办法,"合法"地突破政策的限制。比如,分家、假离婚、改子女户口簿上的年龄等等。这些"妙计",使有资格获得建房用地的户数大增。另一方面,为了争取更多的住宅建设用地,村民和村干部们一起,在讨论规划方案的时候坚持填平池塘、减少绿地面积、拆除宗祠等公共建筑后不再重建,由此"节约"出来的土地全部用来建住房。这样一来,村庄必不可少的公共建筑、绿地和基础设施用地便被大量挤占,导致新村功能残缺、景观严重受损。

农民自有农民的道理。

(1)新村建设中的宅基地分配,具有一次性分配的性质。农民都知道:过了这个村,就没有这个店了。为子孙后代谋划,为家庭产业发展谋划,他们要力争多分到一些宅基地。

(2)宅基地归村集体所有,无偿分配给各家各户使用,分配后的宅基地的使用权归村民所有。谁不想从集体中多分到一些呢？

（3）宅基地和房屋与农户的收益密切相关。多一平方米宅基地就可以多盖若干平方米的房子，房子可以出租，即房子越多，租金收入越多。这笔账，每个农民都会算。

事关切身利益、长远利益，农民力求多占宅基地、多建房的行为是可以理解的。

如果深究一步，从决策科学性的角度来考查，不难发现，"零增地"政策与实际情况之间存在着多方面的矛盾。这主要表现在以下几个方面：

第一，是"零增地"目标与农民居住条件改善之间的矛盾。

过去，义乌是一个穷县。农民是最穷的群体，村庄凋敝的程度远甚于城镇。1949年至1977年的近30年间，农村建房数量少、质量差，缺房户、无房户比例很高，几户、十几户人家挤住在一座破房子里的情况普遍存在。同时，村路狭窄，房屋密集拥挤，公共建筑、基础设施缺乏。这样的村庄，占地当然较少。一方面，以改善农民居住条件为重要目标的旧村改造，必然要求人均占房面积增加、房屋质量提高、厨卫配套齐全、房屋之间的间距合理、村庄道路拓宽、公共建筑和基础设施齐全，这一桩桩一件件都需要土地来支撑。另一方面，旧村改造的建设用地是按人数和户数来分配的，1998年，义乌乡村户数达到19.5万户，是1978年的1.45倍，在这20年间，村庄的数量并没有增加。这就意味着：1999年，在同一个村庄里，有资格参加旧村改造建房用地分配的户数，较20年前增加了45％。所以，在传统的村庄建设方式之下，新村建设用地超过旧村是必然的事情。

第二，是"零增地"目标与农村第二产业、第三产业发展之间的矛盾。

1982年以来，义乌农村第二产业、第三产业迅猛发展，成为新村用地规模超越旧村的另一个推动力量。

村庄是乡村人口和产业的"容器"。在规划、建设方式不变的情况下，人口的增加和产业的发展必然要求更大的容器与之相适应。

自古以来，农村产业的内涵就是十分丰富的，它既包含种植业、林业、畜牧业和渔业，也包含与上述各业密切相关的，与农民、农村生活密切相关的工业和商业（第二产业和第三产业）。

自清代以来，在义乌农村中，就活跃着一条"鸡毛换糖"产业链——农民种甘蔗，用甘蔗榨糖，再制成糖块等食品。然后，农民挑上货郎担，游走于浙江、江西、福建、安徽等地的农村，以自制糖食换取鸡毛和各类废旧物资，再将这些废旧物资运回义乌进行整理、挑选、加工或销售。最后剩下的鸡毛、骨头等下脚料则用以肥田，以提高水稻产量。

计划经济时期，持续20余年的抑商政策使义乌的"鸡毛换糖"走向衰微。在"文化大革命"中，"鸡毛换糖"活动几乎被禁绝。农村产业的单一化，导致村庄功能和空间的单一化。没有了工业与商业的村庄，自然也就没有了建设工业与商业空间的需求。

1982年9月，义乌开放了小商品市场，随后又提出"兴商建市（县）"发展战略，通过"以商促工，贸工联动，以商兴农"，推动城乡产业结构不断优化，农村中逐步形成了三次产业协调发展的局面。

1982年和1983年,在义乌第一代小商品市场所经营的商品中,25%来自义乌社队企业和农民家庭工厂;在第一代小商品市场的700多名经营者当中,农民经营者的比例高达95%以上。市场的繁荣和农村第二产业、第三产业的发展,迅速地改变着义乌农村的产业结构。据《义乌县志》记载:"小商品市场的发展,促进了农民经商办企业。据1984年统计,全县有购销专业户6 400余户,各类商品生产专业村130余个,从事小商品生产的家庭工厂1.2万多户,从业人员近3.3万人。"

在与小商品市场的互动发展中,义乌农村工业的发展日新月异,现代化的、上规模的工业企业大量涌现,并成为义乌工业的主力和发展最快的一部分:1998年,义乌农村有规模以上工业企业97家,占全市规模以上工业企业总数(143家)的67.8%;2003年,农村规模以上工业企业(542家)占全市规模以上工业企业总数(567家)的95.6%。短短5年间,农村规模以上工业企业的数量在全市规模以上工业企业数量中所占的比重提高了27.8个百分点。根据义乌市工商局《义乌市场主体分析报告(2009年)》的统计,2008年年底,义乌市拥有各类市场主体128 511户,集聚于乡村的有13 085户,如果平均到义乌市的800个行政村,则每个行政村中有16.35户第二产业或第三产业企业。2006年,大陈二村拥有民营企业87家,其中绝大多数是服装加工厂。2009年的一项调查显示:在义乌稠江街道的6个村庄中,有工业企业168家,商店226家,市场5个。

1983年,义乌农业开始由单一抓粮食生产向农工商融合发展转型,一批农工商一体化的农业龙头企业快速成长,蔬菜、畜牧和苗木花卉产业成长为农业中的主导产业。

义乌农村产业结构的变化,深刻地改变了义乌的农村经济结构。1980年,在义乌农村经济结构中,农(种植业)林牧渔业的比重高达98%;1998年和2008年,这个比重分别下降到4.52%和2.83%。工业在义乌农村经济结构中的比重,1998年达到78.12%,2008年达到88.47%(表1-1)。

表1-1 不同年份义乌农村经济结构

年份	农林牧渔业(%)	工业(%)	其他第二产业、第三产业(%)
1980	98.00	0.00	2.00(含工业)
1998	4.52	78.12	17.36
2008	2.83	88.47	8.70

众多工厂、商店和市场在村庄中出现并快速发展,必然要求村庄这个"容器"扩容。旧村改造的相关政策却只注重村庄的居住功能,脱离了村庄产业发展的实际。

第三,是"零增地"目标忽视了外来人口的存在。

在传统规划、建设模式下,人口数量的变化必然导致建设用地数量的增减。

1978年,义乌农村户籍人口数量为52.68万人;2008年,这个数字减少为50.16万人。之所以减少,是因为有相当数量的农民进了城。如果按照以户籍人口为依据的统计方法,义乌村庄建设用地的数量应该同比例减少。然而,在义乌农村,户籍人口数量的减少并不等于村庄常住人口数量的减少。实际情况是,户籍人口数量减少了,农村常住人口的数量反而大大地增加了。其原因在于：义乌农村迎来了越来越多的外来人口。

义乌小商品市场和制造业的快速发展,创造了无限商机和越来越多的就业机会,大量的外来人口不断涌入义乌。义乌的村庄,以其生活成本低、经营成本低和能够提供大量就业岗位的优势,成为外来人口的首选之地。在2001—2011的10年间,义乌农村的外来人口,由13.53万人增加到66.40万人,增长了3.9倍,绝对数量增加了52.87万人；2009年,义乌农村外来人口数量达到59.20万人,首次超过本地农村人口数量(51.67万人)。据《义乌统计年鉴(2012)》的统计,2011年,义乌农村人口数达到120.68万人,比这一年义乌全市户籍人口数(74.74万人)多出45.94万人。

在进入义乌农村的外来人口中,劳动力人口占了绝大多数。2002年,义乌农村的外来劳动力数量首次超过本地劳动力数量；2009年,义乌农村的外来人口数量达到59.20万人,其中从业人员的比重约占八成。在2001—2011的10年间,义乌农村的外来劳动力由14.30万人增加到51.95万人,增长了2.63倍,绝对数量增加了37.65万人(表1-2)。

表1-2 义乌农村人口与农村劳动力变化

	单位	1998年	2001年	2004年	2007年	2011年
农村人口数	万人	56.6	67.62	80.03	97.99	120.68
其中:本地人口数	万人	56.6	54.09	47.42	51.71	54.28
其中:外来人口数	万人	0.0	13.53	32.61	46.28	66.40
农村劳动力数	万人	31.8	41.99	57.45	65.83	78.68
其中:本地劳动力数	万人	—	27.69	26.68	27.01	26.73
其中:外来劳动力数	万人	—	14.30	30.77	38.82	51.95

注:表中劳动力数据为《义乌统计年鉴》中的"农村实有劳动力"或"农村从业人员"数。

外来劳动力、外来创业者为义乌的经济社会发展做出了巨大贡献,义乌人将他们称为"外来建设者"。外来建设者需要创业空间,需要就业岗位,同时也需要吃喝居住、结婚生子。城市和乡村,都应该为他们提供创业、就业和生活空间。然而,我们的村庄规划、建设工作,在进行建设用地统计的时候,却忽视了外来建设者这一庞大群体的存在,在编制规划的时候只统计户籍人口而置外来建设者于不顾。

另一个没有得到足够注意的事情是,外来人口的大量涌入,深刻地改变了义乌农村的产业结构。

外来人口进入义乌农村,他们打工需要场地、居住需要场所、创业需要空间,而需要就是市场。义乌农村的产业结构因此而发生深刻变化,租赁业因外来人口的到来而悄然兴起并迅速发展成为义乌农村中一项重要的新兴产业,成为义乌本地农民收入的重要来源。1998年,义乌农民人均财产性收入为105.72元,在是年义乌农民人均纯收入(4 573.41元)中所占比重为2.31%；2014年,义乌农民人均财产性收入为3 063元,约为1998年的29倍,在是年义乌农民人均纯收入(25 963元)中所占比重上升为11.80%，比1998年提高了9.49个百分点（表1-3）。

表1-3 义乌农民财产性收入在纯收入中所占比重变化表

年份	义乌农民人均纯收入（元）	义乌农民人均财产性收入（元）	财产性收入在纯收入中所占比重（%）
1998	4 573.41	105.72	2.31
2004	6 969.29	635.16	9.11
2008	13 060.00	1 240.00	9.49
2014	25 963.00	3 063.00	11.80

农民财产性收入快速增长，其在农民总收入中所占比重不断提高是大好事，然而，它同时也成为农民力争多占宅基地的强大动力。

了解了义乌农村人口和产业的上述变化之后，对于义乌农民为什么要千方百计地争取多分配到一些宅基地，对于义乌的新村建设用地规模为什么会大大地超过旧村，就有了比较切合实际的认识。

还需要特别指出的是，在进入义乌的外来人口、外来劳动力当中，有很大一部分的居住与就业并不在同一空间，他们采取了居住在乡村、就业在城镇的"城乡双栖"方式。在义乌本地的劳动力当中，采取这种"城乡双栖"方式者也大有人在。据《义乌统计年鉴（2010）》的统计，2009年，义乌农村实有劳动力总数为75.24万人，义乌全市户籍人口总数为73.02万人，农村实有劳动力总数超过全市户籍人口总数2万余人；这一年，义乌全市城乡合计的从业人员总数为87.49万人，其中，城镇61.32万人，乡村26.17万人。依此可以推算出，大约有49.04万名居住在乡村的劳动力进入城镇就业。这个数字，为乡村实有劳动力总数的65.18%，占当年城镇从业人员总数的79.97%。这就是说，在义乌城镇空间就业的劳动力，有近八成是居住在乡村空间的。由此可见，义乌农民建房、义乌的村庄空间扩展，在很大程度上是为城镇服务的。农民建新房，接纳了数十万外来务工者，大大减轻了城市的住房建设压力，降低了城市化成本。从这个角度看，那种关于新农村建设与城市建设争地的说法，是过于偏颇了。

问题的症结在于：环境、资源承载能力的问题，或者说，人与天的矛盾，是城乡建设必须注意、必须处理好的根本性矛盾。任何超越环境、资源承载能力的建设活动，都是不可持续的。从这个意义上说，不仅村庄必须严格控制建设用地规模，城镇同样也必须严格控制建设用地规模。从这个角度说，提出村庄建设"零增地"的原则和要求，是完全正确的、必要的。

"风光无限"、快速推进的旧村改造模式，内含着深刻的矛盾：一方面，村庄的空间发展应该与农村经济社会的发展、与居住人口的变化、与农民的发展、与乡村在城乡统筹发展中的地位和作用相适应；另一方面，人多地少的义乌，建设用地一定要管住，"零增地"原则不能动摇。这个矛盾，成为困扰义乌村庄建设的第一大难题。

第二章　节地探索

村庄建设能不能既适应产业发展、人口增加和农民改善居住条件的需求,又不增加建设用地?这实际上是一个如何提高建设用地使用效率的问题。

昔日村庄中农民的生活方式(包括居住方式)、产业发展方式和以农户各自建房为主要内容的村庄建设方式,是在历史上形成的,是与传统农业以户为单位的生产经营方式相适应的。由此,形成了村庄建设的资源配置方式(主要表现为用地方式),形成了村庄与天(自然环境、资源)的关系。现在,农民要过好日子而且有能力过好日子,政府大力帮助农民实现过好日子的梦想,政府与农民的力量加在一起使得新农村建设突飞猛进,人与天之间、村庄与天之间关系的改变也成为必然。新时代的村庄建设,必须意识到这一点,必须自觉地调整与自然的关系,改变资源配置方式,创新产业发展方式,在新的历史条件下,建立起新型的人天关系,实现村庄与自然的和谐发展。

欲达此目的,唯一的途径是转变发展方式,要从以国内生产总值(GDP)为本、单一追求经济增长转变为以人为本、走共同富裕之路;要从掠夺自然、一味地向自然索取,转变为尊重自然、顺应自然、修复生态,与自然和谐共生。同时,要适应农户之间和村庄之间合作关系不断增强的趋势,寻找集约用地、高效用地的方式。

实现发展方式的转变是一项带有根本性的系统工程,它只能是在传统发展方式之下起步,探索前行。只有在积累了丰富的实践经验之后,只有在人们对于传统发展方式的弊端有了足够的认识,进行了深度的反省、检讨之后,以人为本的科学发展方式才能取代传统发展方式占据主导地位。

在转入以村庄为单位的村庄建设阶段的初期,土地问题最让人焦虑。义乌新时期村庄建设围绕实现"零增地"的目标,进行了执着的探索。

在以旧村改造模式实施的村庄建设中,最早采取的节地措施是严格控制别墅式小洋楼建设。

人们发现,在大陈二村新村农居中,用地量最大的是两户连体的、带花园的别墅式小洋楼。于是,采取了坚决控制此类建筑的措施,大力推广多户连体的"垂直房"建筑。由于我们此前分析过的种种原因,这一举措并未能控制住村庄建设用地的规模,却使改造后的新村都变成了由一模一样的四层半长方体建筑组成的洋楼群,为人所诟病的村庄像兵营和"千村一面"的问题更加突出。

更让人担忧的,是安全问题。

义乌农村工业发展速度很快,农村工厂创造了大量就业机会并为义乌小商品市场提供源源不断的商品。办工厂,需要车间、仓库和工人宿舍。然而,在以全拆全建模式实施旧村改造后的新村里,只有一栋栋四层半的、被义乌人称之为"垂直房"的小洋楼可供选择。于是,无论义乌本地农民还是外来创业者,都将"垂直房"当作了办厂的空间资源(图2-1、图2-2)。

图2-1　位于义乌城市中心区的兴中村
注:兴中村是义乌众多城中村的典型代表,全部由四层半"垂直房"组成。

图2-2　兴中村街景

不能建带花园的别墅固然是一件令人遗憾的事，但节约建设用地的意义，农民是懂得的。"垂直房"中的农户，邻居之间虽然只有一墙之隔，但房屋的权属是划分清楚了的，每一家都有自己的楼梯上下，自成一个相对独立的单元，使用起来很方便。农民自己办厂也好，将房屋租赁给别人办厂也好，都可以自家说了算。

"垂直房"用来办厂，一般是以底层作为车间，二三层作为仓库、工人宿舍。如果是办服装厂之类机器设备很轻便的厂，二三层都可以作为车间。原料、成品和半成品，则常常直接堆放在车间里、楼道里。"垂直房"的四楼，一般是主家留作自己居住用，也有全部出租的情况。"垂直房"的这种使用方式，义乌人称为"三合一"，即车间、仓库、居住三种功能合一。在"三合一"的工厂里，电线乱拉、电线老化和烟头乱丢的事情普遍存在，火灾便难以避免。那些油类、纺织品、纸张等等，一旦烧起来，很难扑救，烟火会顺着楼道蔓延，造成人员伤亡和重大经济财产损失。

政府采取了许多防火措施，都不能有效消除"三合一"式工厂里的安全隐患，只好下决心禁止用"垂直房"办工厂。坚决执行这一规定，导致大量小工厂撤离义乌。农村小工厂在义乌经济中占有重要的地位，小工厂纷纷离去对义乌经济的负面影响不可小觑。

政府陷于两难之地。节地探索需要另辟新路。

第一节　向空中发展

"零增地"的原则，是要严格控制村庄的平面扩展，即人们常说的"摊大饼"式的扩展。那么，村庄可不可以向空中发展？

义乌关于新农村建设的政策文件，对于村内房屋的高度有严格的规定：2001年的《义乌市旧村改造暂行办法》规定"房屋层次控制在四层以内，房屋檐口高度控制在13米以内"；2006年的《义乌市新农村住房建设实施办法》规定"垂直房建筑檐口高度不超过13米"；2009年的《义乌市城乡新社区建设实施办法》规定"联立式住宅建筑……房屋檐口高度不超过10.2米"。

这样的规定，堵死了村庄向空中发展的路。为了破解发展与用地的矛盾，人们开始考虑让村庄向空中"突围"的办法，这就需要破除关于村庄房屋建筑高度的禁令。

2006年5月，佛堂镇楼村的楼村大厦落成并投入使用。楼村大厦是义乌市政府节地型农居建设的试点项目，是引导村庄向空中发展探索迈出的第一步。楼村的村庄建设，采取的是村庄整治模式而并非全拆全建的旧村改造模式。

义乌的村庄整治工作，从20世纪90年代末的村容村貌整治起步，逐步发展为较全面的村庄整治建设。村庄整治建设工作的内容，包括进村口设计、村庄道路建设、水环境整治、村庄外墙装饰、村庄绿化、给排水整治、配套设施建设、历史文化保护等等，相当全面。

与全拆全建的旧村改造不同，村庄整治是村庄自然生长过程的延续，而不是切断这一过程推倒重来、另起炉灶。村庄整治并不排斥新建，在佛堂镇楼村的村庄整治过程中，就有相当数量的新建项目，楼村大厦是其中之一。

佛堂镇位于义乌主城区以南10余千米处，镇区是义乌的副中心，设有工业园区，该镇拥有广阔的平原与浅丘区，农业生产基础雄厚，农村工业也十分发达。

楼村是义乌著名的蔬菜专业村，全村户籍人口648人，计271户。《佛堂镇楼村村庄建设规划》于2003年编制完成。在村庄建设用地的南部，规划布置了一栋11层的住宅楼，人们称之为"楼村大厦"（图2-3）。

图2-3 楼村大厦

楼村大厦建筑用地面积为470平方米，加上配套的车库、灯光球场和楼下一排农具房（平房）和道路，总共用地为1 000平方米。大厦地上11层，地下1层，建筑面积为5 500平方米。底层为村集体用房，安排了老年活动中心、棋牌室、乒乓球室等，还开办了一个小超市。其余各层，均设计为四套厨卫齐全并安装了水、电、宽带网、有线电视线路的住宅。楼内设置了电梯。

从村庄建设节约土地的角度而言，楼村大厦无疑是十分成功的。

义乌农村建房，以户为单位分配建房用地。根据家庭人口的数量，建房用地划分为不同的档次，其中，1—3人的家庭，建房用地一般为108平方米，若以每户2.5人计，则人均建设用地为43.2平方米。楼村大厦底层安排了村集体用房和公共服务用房，其余10层共可以安排40户家庭入住。以40户计，每户所占建房用地仅为11.75平方米，按每户2.5人计，人均建房用地为4.7平方米。

在政府的引导下，2007年冬，大陈镇宦塘村的多层、小高层公寓式农居开始兴建。测算结果表明：如果按照传统的一户一宅的模式建房，仅仅是第一批55户建房就需要土地16.5亩。该村第一批兴建的是两栋5.5层和一栋10.5层的公寓式楼房，三栋楼房只占用了2亩地，就可以让55户村民全部住上新房。

仅从节约村庄建设用地的角度看，多层、小高层公寓式农居具有明显的优势，政府和规划师都希望这种建设模式能够尽快地推广开来。然而，在此后数年的时间里，小高层公寓式农居一直没有得到广大农民的认可，10余年来，义乌实施旧村改造模式建成的新村均为四层半连体"垂直房"洋楼群，实施村庄整治模式的村庄中的新房则多为四层半单体"垂直房"。

人们曾经以为，农民之所以不认可公寓式农居，其原因在于传统居住观念作祟。在义乌农民当中，流传着一句老话："有地有天才是家。"在传统农村，农居都是单门独户，形成一个个互不相扰的独立空间，正是在这样的独立空间中，逐步形成了"有地有天才是家"的观念。这种观念，是与以家庭为基本单位的农业生产经营方式相适应的。大陈二村的单体别墅、两户连体别墅和多户连体的"垂直房"，既实现了农民住小洋楼的梦想，又保持了传统农居一家一户、有地有天的格局，农民乐于接受，这种建设模式便得以迅速地推广并固化。楼村大厦中的公寓式住宅，义乌人称之为"水平房"，它没有属于自己家的地和天。这一巨大变化，对农民传统的居住观念形成了强烈的冲击。

农民不愿意接受"水平房"的更深层次的原因，则是出于经济上的考虑：因为在一家一户经营的方式下，"水平房"不如"垂直房"那样便于办厂、经商。

所以，入住楼村大厦式多层、小高层公寓楼的，大多是包括五保户在内的较为贫困的农民。占村民绝大多数的、经济上具有一定实力的农户，还是选择"垂直房"。

第二节 "居住上山"

在义乌的节地型新农村建设探索中，后宅街道岩南村走了一条"居住上山"的新路。

岩南村地处杭金衢高速公路义乌出口处、著名景区德胜岩的山脚。该村由支坞里、新屋、泮村、存伍堂、洪公塘五个自然村组成，共8个村民小组，户籍人口710人，计296户，外来常住人口100余人。村域面积约为89公顷，耕地面积为170亩（其中水田140亩，旱地30亩）。岩南村的各个村落，均坐落于山间谷地之间。

岩南村人多地少，村民多从事第二产业和第三产业。依托多年坚持植树造林所取得的成绩，村两委提出了发展旅游业的构想。

岩南村的主体村落四面皆山，群山汇集的降水向村庄所处的小盆地汇流，经村民多年建设，村庄中形成了大大小小12口池塘。规划师与村两委多次沟通，达成共识：依托岩南村交通便捷、邻近主城区中心区的区位优势和池塘群的水资源优势，打造一个以"赏莲"为特色的大型农家乐旅游景区，以此与其北面山上的德胜岩共同构成一个更大的景区。

为了实现这一构想，需要对村庄现有的功能进行置换，将居住功能转移出去，腾出空间来进行景区建设。

村民新的居住区安排在什么地方，是实施村庄功能置换的关键。

征地是不可能的，村庄周边根本无地可征。

岩南村村北有一条东西向进村道路（土路），道路北侧是一片带状的较为平缓的山坡,越过这片山坡再向北便是陡峭的高山了。《后宅街道岩南村旧村改造规划》选定这一片山坡作为新岩南村的居住用地。规划思路是,沿等高线,依地形、地貌的变化,自由布置新村农居。从规划平面图上看,新岩南村和在旧村原址上建设的旅游景区一路相隔,像一只巨大的螃蟹(图2-4)。

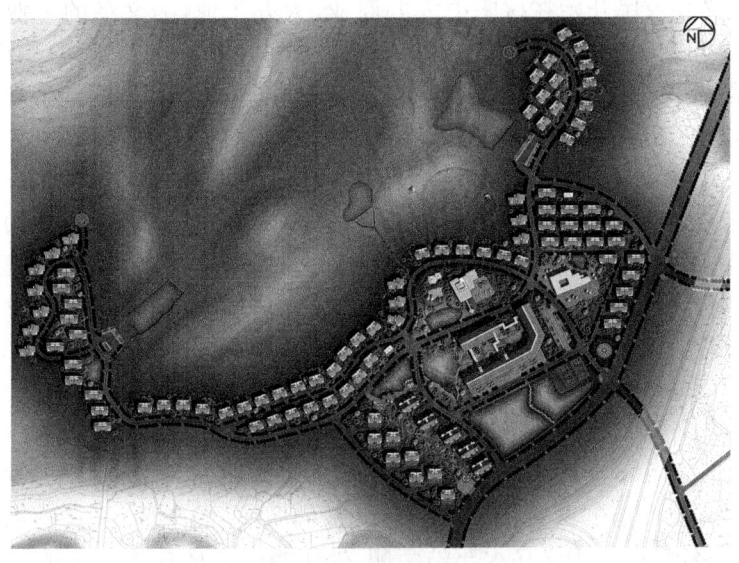

图2-4 岩南村规划总平面图

这一规划最大的优点是"居住上山",新村不占一寸耕地,在山坡上建设的徽派新农居视野开阔,环境优美,成为一道美丽的风景,与"赏荷"景区相映成趣,构成和谐的美景。

岩南村规划,对于建筑形式和道路布局都进行了深入的思考,新农居建筑突出粉墙黛瓦、马头墙的徽派建筑特色(这同时也是义乌传统建筑的特色)。为了把建设对于生态环境的干扰降至最低,规划要求在房屋和道路施工中,要避免大开大挖,将开挖量降至最低,同时,对道路边坡、挡土墙进行绿化。

岩南村规划为适应村庄产业升级转型的需要,谋划了村庄功能的大置换——将居住功能移出村外,让旅游功能进村。这是一个大手笔,它所探索的,是一种与资源禀赋相适应的产业与空间发展方式。"居住上山",不占用哪怕是一寸耕地的新村建设,为节地型村庄建设找到了另外的一条路。

第三节 "全高层"和"功能分区"试点

村庄与城市同为人与产业集聚的节点。村庄与城市不是互不相干的、互相孤立的存在。它们之间,是互相依存、互相渗透、互相转化、互相融合的关系。村庄与城市之间的资源要素交流,是经济社会运行的最基本的形式。村庄的发展、建设方式、建设模式,对于城市的发展,对于城市的空间形态,都会产生深刻的影响。

改革开放之前,我国的城市化进程一直比较缓慢。1978年,农村率先改革,实行家庭联产承包责任制,解放了农村劳动力,粮食连年大丰收,困扰中国人几千年的吃饭问题得到解决。在此基础上,农民在村庄中掀起了建房高潮,并且大规模向城市转移,为城市化进程提供了强劲的动力,推动我国城市实现了持续数十年的高速发展。

1977年,义乌农民开始在村庄中大办商业、大办工业,为义乌的工业化进程积蓄了力量。1982年,义乌县委、县政府在县城(稠城镇)开放第一代小商品市场,农民开始向城市转移,到市场中经商,并把他们在村庄里生产的工业品运到市场上出售。此后,农民持续向城市转移,并将他们在村庄中兴办的工业、商业企业转移到城市中的工业园区和批发市场,以多种方式推动城市加快发展。

义乌原来是一个农业小县,1980年,其县城(稠城镇)建成区面积仅为2.5平方千米;到2007年,扩展到73平方千米。在其迅速扩展的过程中,众多的村庄就地转型为城中村,这些村庄的土地转化为城市建设用地。农民和村庄,为城市的发展做出了巨大的贡献。所以,我们说,义乌是一座农民用他们的双手托举起来的现代化国际商贸名城。

1982年,义乌开放的湖清门市场是一个十分简陋的露天市场,被人戏称为"草帽市场",市场中仅有705个摊位。这个市场,后来被人们列为义乌第一代小商品市场,它位于当时义乌县政府的西侧,处于义乌县城(稠城镇)的中部;义乌的第二代小商品市场——新马路市场,位于义乌火车站南侧,处于当时义乌县城的北部边缘;义乌的第三代小商品市场——城中路市场,位于当时义乌县城的东部边缘,1985年动工兴建,1986年投入使用,市场占地4.4万平方米,设固定摊位4 096个。从这个时候起直到21世纪初义乌第五代小商品市场(福田市场)一二期建成并投入使用,在近20年的时间里,市场建设一直是拉动城市建设发展的主导力量,市场发展的方向一直是义乌主城区扩展的方向:义乌的第四代小商品市场中的篁园市场,离开现状主城区的建成区向东、向义乌江方向跃进,此后建设的另一个第四代小商品市场——宾王市场,则沿义乌江西岸向东北方向跃进,21世纪初兴建的第五代小商品市场——福田市场,保持了这个扩展方向,继续沿义乌江西岸向东北方向跃进(图2-5)。

在大型市场跃进式向东北方向扩展的过程中,主城区随之扩展,沿途众多的村庄随之转型为城中村:随着篁园市场的兴建,篁园村等村庄转型为城中村;随着宾王市场的兴建,处于篁园市场和宾王市场之间的义驾山村等村庄转型为城中村;随着福田市场的兴建,处于宾王市场和福田市场之间的赵宅村和兴中村等村庄转型为城中村。

义乌主城区的工业园区,选择了沿义乌江西岸向西南方向发展;义乌的文化产业区,则主要是在义乌江东岸发展。与此相适应,同样有众多的村庄转型为城中村。

2012年的一项统计表明:在义乌主城区范围内,共有城中村135个,它们为义乌主城区的发展提供了宝贵的人力资源、土地资源、住房资源和产业资源,极大地降低了义乌城市化和经济社会发展的成本。有数十个城中村兴办了专业街(如兴中村兴办了饰品与无缝内衣专业街,赵宅村兴办了文化用品专业街),这些专业街成为义乌市场体系中不可或缺的组成部分,与大型批发市场互动发展,共同创造了义乌小商品市场的持续繁荣。

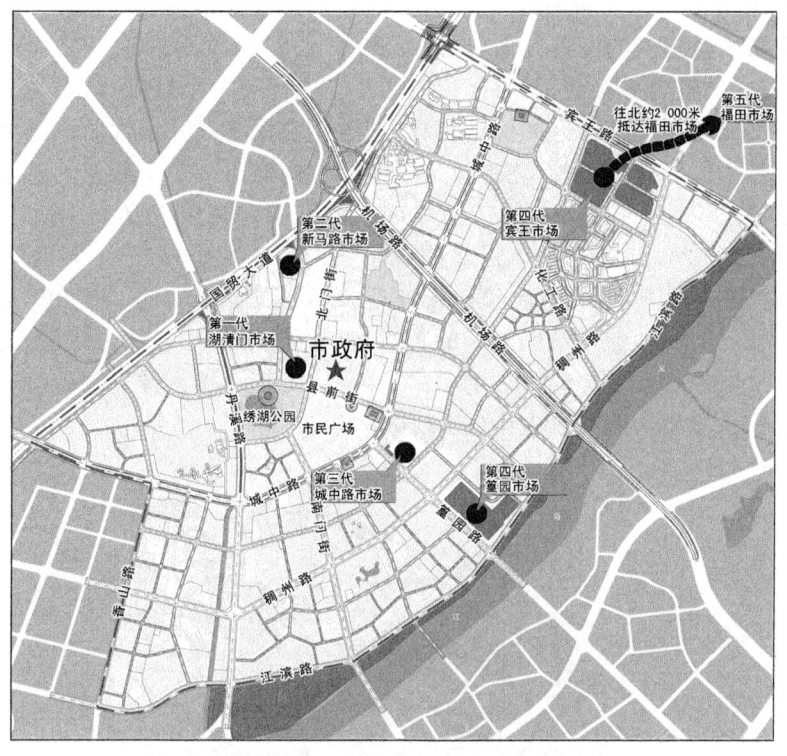

图 2-5　拉动义乌主城区扩展的市场建设

义乌的城中村建设,一律采取全拆全建的旧村改造模式,全部建成了多户连体的四层半小洋楼建筑群。村民或出租房屋,或自己开店,收入颇丰,形成了"建楼收租"的收入模式。人们将此称为"种楼经济"。全拆全建的旧村改造模式,由此得到城中村居民的高度认同。受其影响,其他村庄,包括山区村庄的农民,也都希望能够通过"种楼"而获得房租收入,旧村改造模式因此而深入人心,几乎所有的村庄都努力争取进入旧村改造的行列,几乎所有的农民在建新房时都抱着"收租"的梦想。

任何事物都有两面性。当采取旧村改造模式建设的新村铺天盖地扩展开来,旧村改造模式的另一面也逐渐显现在人们面前。除我们前面谈到的建设用地超标和安全问题之外,城市建成区范围内的城中村还存在以下几个方面的问题:

1. 景观单调像兵营

主城区建成区内的城中村,一律建成了四层半的、同一样式的洋楼群,建筑形式千篇一律,毫无特色可言,天际线没有变化,远看像一片永远静止的水面,景观十分单调,与义乌现代化国际商贸名城的美名不相适应。更为突出的问题是,这样的"水面"在主城区的总面积中占有很大的比例。2012 年的一项统计表明:在义乌主城区 95.35 平方千米的总面积中,居住用地为 23.98 平方千米,占 25.15%,而在居住用地中,城中村建设用地达到 17.50 平方千米,占主城区居住用地总面积的 72.98%。也就是说,义乌主城区居住区七成以上的面积分布的都是像兵营一样的城中村。

2. 造成城市建设用地破碎化

义乌主城区范围内的旧村改造,采取了以村为单位,就地拆除、就地新建的方式。就地拆建,农民比较容易接受,城市扩展阻力小。它还有一个好处,就是与那种把被拆除村庄的农民安置到边缘地区的做法相比,能够让农民不离开世代居住之地并直接分享城市发展带来的好处。这种"就地改造"的弊端,则在于一个个新建的城中村分散在城市新区的建设用地上,导致了城市建设用地的破碎化。仅以义乌工业园区四期为例,在该期园区的26.23平方千米区域内,分布着54个大小村庄,平均每平方千米就有2.06个村庄,而新村建设用地较原村庄建设用地平均增加了58%以上。这种情况,使城市新区的规划、建设遭遇极大的困难,工业园区建设、居住区建设、道路系统建设和绿化系统建设,无论走到哪里,都会碰到城中村,都必须让开、绕过,造成城市系统性、完整性缺失,城市功能配置失衡(图2-6)。

图 2-6 使城市建设用地破碎化的就地重建的城中村

3. 严重影响城市运行效率

城市建设用地破碎化所导致的城市系统性、完整性缺失和城市功能配置失衡,对城市的运行和城市功能的发挥产生严重负面影响,其直接结果是城市运行不畅,运行成本增加、效率低下。

4. 村民的收益受限

尽管城中村的村民对于出租房屋的收益十分满意,然而,事实上,他们的收益并未能达到最大化。由于城中村在建设时,为了多建房子,压缩了绿地和行道树,城中村的房屋又采取了"混合使用"的方式,居住、商业、物流、仓储甚至工业用途混合在一起,造成环境不佳、污染严重,加之功能配置不全,城中村房屋租金水平偏低。一项研究表明:与处于同一区位的新科花园的两室一厅住房相比,经济技术开发区的城中村东畈村,房租水平仅为新科花园的1/3。这一研究成果表明:农民对于旧村改造模式的偏爱,带有很大的盲目性。政府应当对其进行引导,而不是简单地顺从。

5. 村民居住条件未能得到真正改善

改善村民的居住条件,是城中村改造的重要目标。然而,在房屋"混合使用"的城中村里,环境不佳、污染严重,村民为了多收租金而全家挤到四层半建筑的顶层去住,他们的居住条件并未得到真正的改善。在篁园市场附近,一个城中村的整条街都被从事纸加工行业的小工厂租用,小工厂以建筑底层为车间,日夜开工,机声不断。小工厂的成品、半成品、原材料沿街露天堆放,妨碍交通。这样的环境显然已不适宜于居住,村民大多搬走。

随着义乌国际商贸名城地位的提升和建设用地资源对城市发展制约的日益加深,整村四层半"垂直房"的改造、建设模式,以及由此形成的由四层半"垂直房"组成的城中村,已经不能适应城市发展的新要求。创造城中村改造的新模式,探寻城中村改造的节约、集约利用土地之策,探寻城中村建设实现城市与村庄的双赢之策,探寻农民实现收益最大化与居住条件真正改善之策,成为义乌城市发展必须解决的重大课题。

2008年,义乌市委、市政府出台84号文件,提出了功能分区、高低结合的建设要求和思路。

在义乌市委、市政府提出的要求中,"利益要保障"占据着特别重要的位置。保障谁的利益?保障农民的利益,同时也要保障城市的利益。楼村大厦推广受阻,让人们悟出了一个道理:村庄建设节约用地必须保障农民的利益,让农民从节地中受益。只有这样的节地举措,农民才会欢迎,节地目标才有可能实现。主城区全拆全建的旧村改造模式暴露出来的弊端,则让人们认识到:只有能够实现城市与农民双赢、城市与村庄双赢的村庄建设模式,才是最佳选择。

正是从"城市与农民双赢、城市与村庄双赢"的价值取向出发,义乌市委、市政府提出"高低要结合,功能要分区"的要求,作为实现村庄节约建设用地的空间技术手段。

一、田畈村全高层试点

稠城街道田畈村,位于义乌主城区与廿三里街道之间,距离义乌国际商贸城仅3千米。它北临连接主城区与廿三里街道的60米宽的商城大道,南行数百米可达义乌江,地理位置优越,交通便捷。

田畈村全村户籍人口310余人,计121户。村庄现状建设用地面积为23 694平方米,建筑参差不齐,居住条件和基础设施均不完善。

按照《关于稠城街道田畈村旧村改造建设占地规模的函》(义土资函〔2009〕79号)的规定,田畈村旧村改造规划用地为22 663.68平方米。

田畈村规划确定的规划目标为:将田畈村营造为经济繁荣、社会和谐、环境优美、居民生活幸福的新型社区,实现社会效益、经济效益、环境效益三者的统一。

田畈村规划用地的地块呈长方形。规划方案采取行列式南北相对布局的形式,南为

5栋"17+1"层高层住宅楼,北为8栋23层高层住宅楼,南北住宅楼之间的间距为50米。

规划师将南北高层住宅楼之间的空地布置为开敞的公共活动区,设置了小广场、花架、花坛、篮球场和网球场,以满足各个年龄段居民活动的不同需求。

道路布置在基地周边。停车位主要安排在地下,设地下车位892个,实现严格的人车分离,以确保公共活动空间安全、宁静、和谐(图2-7至图2-9)。

图2-7　田畈村规划总平面图

图2-8　田畈村规划鸟瞰图

图 2-9　施工中的田畈新村

田畈村规划从三个方面实现了节约用地：一是规划用地较田畈村原来的用地面积节约了 1 030.32 平方米；二是通过向空中发展，建设高层住宅，房屋建筑面积大大增加，田畈村村民人均拥有的房屋面积由原来的 60 平方米增加到 180 平方米；三是为居民营造了一个环境优美、总面积达 8 000 平方米左右的公共活动空间。

与旧村相比，田畈村新村村民人均房屋数量增加了 120 平方米，以全村户籍人口 310 人计，全村住房总量增加了 37 200 平方米。这是一笔很可观的资源，用以出租将使村民获得长期、稳定的财产性收入。这是全高层建设模式带给村民的直接好处。

美丽乡村建设的根本目的在于推进农村地区的经济社会发展，加快农业、农村和农民的现代化进程。所以，农民的发展和农村经济的发展，应该是美丽乡村建设关注的焦点。

农民是社会主义新农村建设的主体，同时也是新农村建设的直接受益者。新农村建设搞得好不好，最终应该是农民说了算，农民满意，才是真好。

在实际工作中，人们习惯于把改善农民的居住条件、美化村容村貌作为建设美丽乡村的主要任务，而当下农民最关心的是如何增加收入。这就是说，在新农村建设工作的主观与作为新农村建设主体和服务对象的农民的需求之间，存在错位的现象，由此导致农民在村庄建设实施过程中常常与规划方案"唱对台戏"。为了提高城中村的环境质量，规划师为城中村规划了绿地、花坛、行道树。然而，在实施过程中，为了增加建房用地，许多城中村都将绿地压缩掉；为了运营车辆出入方便，许多城中村也不按照规划种植行道树。在住房的使用上，村民们完全一致地坚持"出租第一、生产第一"的原则，自己一家人挤到第四层甚至第五层的"半层"居住，把其余的房间尽可能多地出租或者用来经商、办厂。农民用他们的行动告诉我们：他们现在还是把增加收入放在第一位的。这是我国村庄建设工作在当下和今后相当长时期内必须面对、必须尊重的现实。

这就要求村庄建设工作调整思路，把农村经济的发展、产业的发展、农民的增收放在首要位置。

田畈村规划力求做到"两个统一",即村民增收与物质空间建设的统一,城中村改造与城市发展需要的统一。

在田畈村改造试点中,通过建高层住宅楼,村民房屋拥有量大幅增加,从而为村庄发展住房租赁业、为村民财产性收入的大幅增长创造了条件;通过建高层住宅楼,不但村民人均房屋面积拥有量获得两倍的增加,而且节约出大量建设用地,利用节约出来的建设用地,规划师在南北高层住宅楼之间设计了面积达8 000平方米的公共活动空间,为居民创造了开阔、优美、宜人的户外环境,为房屋出租获得高收益创造了条件。这样的一个新区,不仅满足了农民增加收入的需求,同时也从根本上改善了他们的居住条件。

城市与村庄互相依存的关系决定了城市与村庄应该互动发展、协调发展,大家好才是真的好。在城与村互动发展的过程中,村庄的发展为城市提供支撑,城市在不同的发展阶段,会对村庄,特别是城中村提出不同的要求。"进入"城市之后,城中村的功能和空间形态都会发生变化,城中村居民的构成、生活习惯、创业与就业方式也会发生改变,最终,城中村会完全融入城市,城市因此而发展壮大。

如果用孤立的、静止的观点看城市与村庄,就会把城与村对立起来、分割开来,就会以为城市是绝对的先进,村庄是绝对的落后;城市是绝对的强大,村庄是绝对的弱小;城里人是有文化的、能干的,乡下人是没文化的、笨拙的。就会以为城市与村庄的关系只是城市领导村庄、村庄为城市提供其所需要的东西;就会以为在城乡统筹发展、城乡一体化进程中,城市与村庄的关系只是城市支援村庄,向村庄投入资金、物资、技术、服务,而村庄只是被动的接受者。在这种观念的作用下,许多地方对于被划入城市规划区范围内的村庄,采取了"只要土地不要人"的做法,把村庄拆除,把村民安置到城市建成区以外的地方去,忽视了城市化的本质是人的城市化,忽视了经济社会的发展本来就应该包括农民的发展、村庄的发展,忽视了农民同样是推动历史前进的动力。田畈村试点实现了旧村改造与城市发展需要的统一,主要表现在它不仅为城市提供了大量的房源,为城市增添了一个环境优美的、现代化的住宅区,同时,田畈村村民的创业、就业方式和生活方式也发生了巨大的变化,他们将转化为城里人。

二、月白塘村功能分区试点

苏溪镇月白塘村是义乌首个按照"生产与生活相分离"的原则进行规划建设的园中村。试点意在通过新村建设,使农民在实现生活方式城市化、高品质的同时,获得长期稳定的收益。

苏溪镇位于义乌主城区以北,是义乌重要的工业基地。位于该镇南部的浙江义乌工业园区,2008年已完成开发面积2.81平方千米,累计引进企业134家,总投资46.69亿元,其中外资项目104个,总投资约2亿美元。

月白塘村由万春亭、月白塘和后高三个自然村组成,是苏溪镇最靠近义乌国际商贸城的村庄之一,全村户籍人口358人,共143户。全村村民几乎家家经商,其中有20%开办了家庭工厂。

月白塘村是一个典型的"园中村",它紧邻义乌工业园区。在义乌工业园区开发建设的过程中,月白塘村的539亩耕地被征用了457亩。

月白塘村的旧村改造,也曾经计划采取全拆全建、多层"垂直房"建设的模式,由于多种因素的制约,迟迟未能启动。2008年,它被选定为"高低结合,功能分区"的园中村新村建设试点。

月白塘村新村建设的规划用地位于义乌工业园区南部,与义乌国际商贸城相距6千米左右,基地东侧、北侧均为工业园区已建或正在建设的工厂区。基地距规划中的苏溪镇中心区约1 000米。

政府核定批准的月白塘村规划总用地为34 000平方米。基地呈L形,地势略呈由北向南倾斜,周边道路均已建成并投入使用,周边分布着10余家中小型工业企业。

根据政府提出的"生产与生活相分离"的功能分区试点要求,《浙江省义乌市月白塘社区规划设计》(以下简称《规划》)针对月白塘的园中村特点,将月白塘村的功能定位为义乌工业园区宜居新小区和功能基本配套的标准厂房区,力求使月白塘村融入工业园区,使其依托工业园区的优越条件实现可持续发展。

《规划》将基地的L形地块划分为多层居住区、高层居住区和标准厂房区三个不同的功能组团,以道路、绿地、休憩活动空间和步行系统将其分隔、联系为一个有机、和谐的整体。多层居住区被安排在基地的南部,用地面积为9 425平方米,布置6栋6层的公寓楼,共150户,每户126平方米,规划为本村居民居住区;高层居住区被布置在基地北部,用地面积为8 842平方米,布置2栋16层和1栋11层的公寓楼,安排105平方米和80平方米户型各144户,共288户,主要用于出租;标准厂房区位于基地北部、高层居住区的西侧,用地面积为3 837平方米,布置6层标准厂房2栋(图2-10至图2-13)。

图2-10 月白塘村规划鸟瞰图

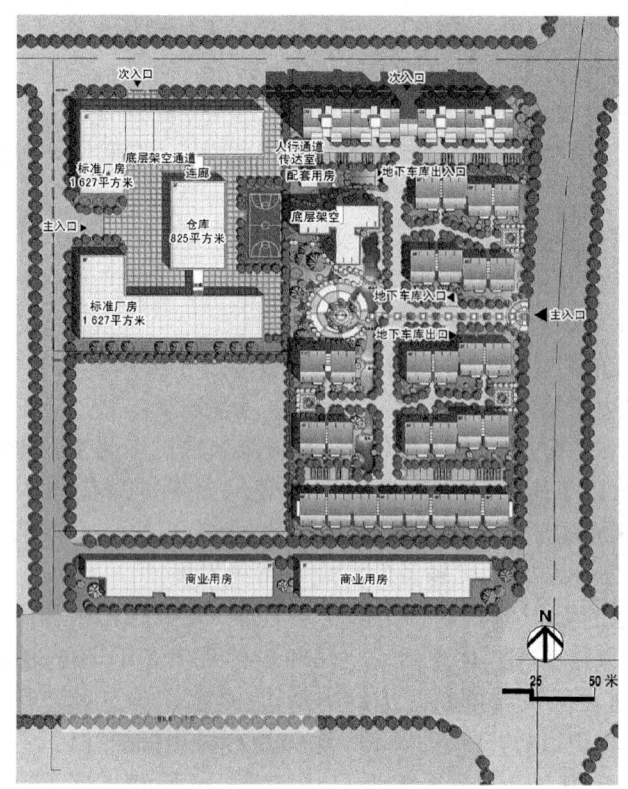

图 2-11　月白塘村规划总平面图

图 2-12　在建中的月白塘村标准厂房

图 2-13　月白塘村多层居住区

根据使用主体的不同需求,在多层居住区,强调户型的均好性;在高层居住区,强调户型的紧凑合理;在标准厂房区,则强调完善其为现代化工业企业提供适用生产场所的功能。

政府核定批准的月白塘村总用地为 34 000 平方米,上述规划实际用地为 27 200 平方米,较政府批准的用地规模节地 6 800 平方米;在规划用地中,月白塘村本村居民居住所用的多层区用地仅 9 425 平方米,为政府批准用地面积的 27.7%,为全村规划用地面积的 34.7%。规划用地的 65.3% 现在被用来建设高层居住区和标准厂房,实际上已经改变为生产经营用地。

《规划》为"生产与生活分离的功能分区"的园中村建设思路提供了一种实现节地、富民和有利于工业园区发展的多赢的空间形式。

《规划》虽好,实施起来却异常艰难。

《规划》实施的初期,阻力主要来自村民。

在村民的意识中,一家一户建房居住、"有地有天才是家"的观念根深蒂固。拆旧房、建新村大家都拥护,然而,拆了旧房要建多层公寓楼,全村人要搬进"水平房"里去,大家都接受不了。居住方式的这一变化牵涉的事情太多,让农民心存疑虑的事情太多。

这个时候,村党支部发挥了至关重要的作用。苏溪镇把做通村民思想工作的任务交给了村党支部,村党支部认准了按照《规划》建新村是一件大好事,便不避艰难地反复跟村民讲道理。讲得最多的,是 60 年来农村建房的历程:老祖宗留下的是土坯墙体的茅草房;计划经济时期,逐渐改成瓦房;改革开放,手上有点钱了,许多人建了砖瓦房;再后来,钢混结构的楼房越来越多。房子在不断地变,房子越建越多、越建越好,可是回头想一想,这 60 年来,房子拆了盖、盖了拆,反复折腾,辛辛苦苦挣下的钱大多盖到房子里面去了,这样到底划算不划算? 许多人为了建房,欠下一屁股债;许多人的新房子里空荡荡的,因为没钱装修;许多人建了新房租给别人,自己的居住条件并没得到改善。相比之下,如果按照《规划》,大家都住到公寓楼里去,住得舒舒服服,再也不用为建房、拆房劳神花钱;更重要的是,节约出来的土地用来建厂房、建高层住宅,厂房和高层住宅的租金收入相当可观,岂不是两全其美?

党支部跟村民反复地算账、反复地讲道理,终于说服了大家。老百姓思想通了,阻力就变成了动力,三个自然村的房子,半年之内全部拆光。

2010年,月白塘村首先启动的多层居住区工程竣工,村民们高高兴兴地搬进了新居。

然而,标准厂房建设工程却遭遇多方面的阻力,迟迟不能启动。

一方面,主要问题在于:标准厂房与一家一户的传统农居、与别墅式农居、与连体"垂直房",甚至与多层、高层的公寓式农居都不一样——在上述各种建筑中,哪一栋房子或房子中的哪一套、哪几套是属于自己的,农民心里明明白白,产权证上写得清清楚楚,而标准厂房以这样的方式实现产权明晰却很困难。虽然村民们都已经知道标准厂房建成后,每一个人的名下可以分到78.04平方米建筑面积的厂房,而且,由于这些厂房与周边的工业园区实现了"无缝融合",出租前景十分诱人。但是,标准厂房的建设用地是由各家各户节约出来的宅基地凑到一起的,各家各户节约出来的宅基地面积大小不等,标准厂房建成后,那么大的一栋6层楼,它所占用的土地中到底哪一块是属于自己的、到底哪一层楼的哪一部分是属于自己的却很难划分清楚。而且,厂房建成后,经营上谁说了算?自己的意志如何表达?厂房出租获得的租金收益如何分配等?村民都心存疑虑。

另一方面,国家现行的农村宅基地政策是一户一宅,关于宅基地的分配与使用有明确的规定。月白塘村用各家各户节约出来的宅基地凑到一起建造标准厂房,无形之中使宅基地用地的性质发生了变化。虽然大家都知道这样的试点意义重大、效益巨大,但是,由于缺乏政策依据,月白塘村的标准厂房建成后产权证却无法办理。

产权问题不解决,村民放心不下。有的村民甚至表态:"坚决反对功能分区改造。"

一个功能分区试点,触及了多方面的深层次问题。

功能分区试点,改变了村庄的功能,使它从一个传统的、主要是集聚农业的、主要是为村民服务的空间,变成了一个集聚第二产业和第三产业的、主要是对外提供服务的空间。这一改变,必然导致村民就业方式、收入来源、生活方式和人际关系的深刻变化。

月白塘村试点,实际上是月白塘村的村民依托自己的宅基地资源和财产资源(房屋、资金)融入工业园区,实现就地就近、自我城市化的过程。在这一过程中,村民必须改变自己并与其他村民建立起新的合作关系。

月白塘村村民的这一自我城市化过程,与进城务工的农民工的城市化过程有着巨大的区别。进城务工的农民工,虽然在其家乡拥有宅基地、房屋财产,但是,这些都帮不上他的忙,也不会对城市产生影响。外出农民工所依托的只是自己的劳动力,此外他一无所有。因此,城市接纳农民工,问题比较简单。月白塘村试点,却是农民带着他们的土地资源和房屋,以村为单位进了城,在工业园区中形成了有着自己特殊利益诉求的、相对独立的、以血缘为纽带的特殊市民群体,这对于城市的影响就要复杂、深刻得多。

月白塘村的这一自我城市化过程,与一般城中村有相同之处,同时,也有巨大的差别。城中村的建设用地都被用来盖了作为居住之用的房子,其居住用房的性质是明确的,有关方面可以依法依规为村民一家一户地办理房屋产权证书。至于城中村居民将其住房用以办厂、经商、出租,那都是办理了产权证以后的事情。月白塘村却是在工业园区内、在农村宅基地上建了厂房,将农村宅基地变成了城市工业用地。这样的变化本来是应该通过国家征购、土地一级市场和"招拍挂"来实现的,月白塘村却一步到位地自己完成了这一转变,这就给有关部门出了一道难题——村民坚决要求为各家各户办理独立的标准厂房产权证书,相关部门却找不到相关的政策依据,无法办理。

标准厂房的建设,因此搁浅。

各家各户节约出来的宅基地被用来盖标准厂房,改变了中国农村村庄中几千年的利益格局和农民利益的实现路径。标准厂房实际上是大家合股建设的,村民无形之中变成了股东,变成了合伙经营者。那么,既然是合股经营,就必须找到一种明晰产权的方式,将产权量化到每一个股东名下;必须建立公司化的经营管理方式;必须明确股东的合法权益,比如知情权、表决权、选举权和被选举权、监督权等等。

村民提出的标准厂房的产权要按户办理的要求,实际上就是要明确自己作为股东的权利。面临巨大的变化,他们希望建立起一种可靠的、稳妥的、他们能够理解和掌控的新的利益格局和利益实现方式,以确保自己的利益。当他们这样做的时候,他们就是在改变自己,从习惯于经营自己家的资源、财产到学会当股东。

上述问题,似乎都不是物质空间建设规划的事,但是,规划既然要完成自己优化资源配置的使命,它就不可避免地会触动既有的利益格局。如果说原有的空间形态、空间格局是与原有的利益格局相适应的,那么,空间资源的优化配置,必然带来利益格局的调整与变化,必然会有一个对谁更有利,或为谁谋利益的问题。在为谁谋利益的问题明确之后,如何进行政策创新,使规划之所谋能够找到实现的路径,便是规划决策者和政府相关部门必须解决的问题。

2011年,义乌市政府与各相关部门多次到月白塘村调研,谋求破解试点难题的途径,提出了股份制联合建造标准厂房的思路:村民自愿组合,联建标准厂房,并按照各户提供的宅基地面积计算股份、计算其在标准厂房中所占有的面积,依此为每户发放产权证书。

有关部门几经反复,最终确定:标准厂房可以分户办理独立的产权证书。

"土地合股,分户办理产权证"的政策创新,给村民们吃下了"定心丸"。农民放心了,积极性就迸发出来了,大家议定:全村按人头计算,每人投入3万元用作厂房建设资金。

2013年夏天,月白塘1号、2号两栋标准厂房(在实施过程中,原规划中的两栋标准厂房,改为四栋)落成之后,很快就租了出去。一家彩印公司的流水线设备有150米长,找了许多地方都没有找到合适的厂房,月白塘村新落成的标准厂房完全能够满足他们的要求,双方以每平方米月租金10多元的价格签订了租约。

至此,月白塘村功能分区试点画上了圆满的句号。

从此,标准厂房和高层住宅楼的租金收入,成为月白塘村村民一项可观的、稳定的收入来源。2016年,不分大人小孩,按人头分配,全村人均此项收入达到3万元以上;2017年,此项收入有增无减;2018年,此项收入增长势头强劲。

人均年租金收入3万元是个什么概念呢?

《中华人民共和国2016年国民经济和社会发展统计公报》的统计数据显示:2016年,全国居民人均可支配收入为23 821元,全国城镇居民人均可支配收入为33 616元,全国农村居民人均可支配收入为12 363元。这就是说,月白塘村村民仅标准厂房和高层住宅楼租金这一项收入,就与全国城镇居民人均可支配收入相当;月白塘村村民仅此一项收入,就比全国居民人均可支配收入多出约1万元,就比全国农村居民人均可支配收入多出约2万元。

村庄发展的潜力,由此可见一斑;农民增收的潜力,由此可见一斑;村庄建设模式创新的重大意义与经济效益,由此可见一斑。

三、田畈村和月白塘村试点的启示

田畈村和月白塘村试点给我们许多启示,主要包括以下五点:

1. 功能分区可行

住房建设,历来是村庄建设最重要的内容并占用村庄建设用地的绝大部分。

任何一个熟悉农村生活的人都知道,农居与城市居民住宅的功能是很不一样的。功能分区,是城市实现高效运行和建设用地高效利用的重要手段。城市居民居住与工作的空间是分离的,他们居住在小区,工作则被安排在各类专用空间(如工厂、办公室、学校、医院、商店等)。所以,城市居民住宅的功能比较单一,它主要满足生活需求,对居住者的收入影响不大;在传统村庄中,农民对于农居功能的需求却是多样化的,他们不但在农居中吃、住,还要在农居中进行许多诸如农产品加工、农具制作与修理、家畜饲养等工作,农居同时又是农家存放农产品的仓库。所以,传统农居的功能是多元的,是集生产、生活功能于一体的。这就决定了农居与农民收入密切相关。

传统农居功能的多元化,是与传统农业的生产经营方式联系在一起并与之相适应的——在传统农业中,农民一家一户分散经营,农居既是农民的生活基地,也是他们的生产基地,集多种功能于一身的农居,有利于提高农户的劳动生产率。在传统村庄里,还存在着多种形式的公用生产功能空间,如晒谷场、水井等等。需要指出的是,由一户一宅、多功能混合的农居集合而成的村庄,土地利用效率却是十分低下的。这不仅因为每一户农家都要占一块地,还因为各家各户之间都需要留出一定的空地,还因为每一户农家都需要建设供自家出入的道路,由此导致了村庄建设用地的高度破碎化。

近20年来的义乌美丽乡村建设,无论是旧村改造模式,还是村庄整治模式,都延续了这样的传统:以村为单位统一规划下的农民住房建设,都采用了以户为单位的建设用地分配方式和一户一宅的建设方式。全国各地的美丽乡村建设也同样延续了这个传统。国家的农村宅基地政策,也建立在对这一传统的承认与尊重之上。

当人们看到农家小楼争相崛起,为农民居住条件的改善和村庄面貌的焕然一新而欢欣鼓舞的时候,却忽视了问题的另外一面:一户一宅的农居建设方式与建设用地的低效利用是联系在一起的。

义乌遇到的问题是,当进入21世纪,在中国"三农"现代化步伐不断提速,农业生产经营方式与农民生活方式发生巨大变化,城乡互动、互融不断深化的全新历史条件下,这样的传统能不能打破?应该如何打破?

2008年,义乌市委、市政府提出"高低要结合,功能要分区,环境要改善,土地要节约,利益要保障"的村庄建设要求,就是对这一问题做出的回答。

田畈村和月白塘村试点的成功,证明混合于农民住房中的生活功能与生产功能是完全可以分开的。这是一项意义重大的理论突破,是一项意义重大的成功实践。

功能分区实际上包含着两个步骤:第一步是要将生产功能从农民住房中分离出来,实现生产功能与生活功能相分离;第二步是将全部(全村的)生产功能与生活功能分别集中到一起,布置在不同的空间,实现土地资源的节约、集约利用。

田畈村和月白塘村试点的成功证明,在村庄建设中,"功能分区"是可行的,是能够产生巨大效益并从根本上改善村民的居住条件的。

田畈村和月白塘村试点创造了村庄建设与农居建设的新模式,是一场深刻的革命。

田畈村和月白塘村试点,通过"功能分区"盘活了农村宅基地资源,为市场经济和农业现代化条件下的村庄建设和农居建设,为村庄的高效发展,找到了一条新路。

2. 功能分区效益巨大

相关统计数据显示:2005—2016年,我国农民住宅面积从258亿平方米增加到了383亿平方米,增加了49%;同期,常住在农村的人口从7.45亿人减少到5.90亿人,减少了21%。

另一份统计数据显示:我国农村人均居民点用地面积为300平方米,是城镇人均建设用地面积的两倍,远超国家标准上限。

一是常住农村人口大幅减少,而农民住宅面积大幅增加、农村居民点建设用地大幅增加;二是我国人均耕地资源远低于世界平均水平,保护耕地是我国的国策,而农村居民点在10年间增加了3 000多万亩建设用地;三是农村建房持续升温,而农村闲置住房存在年均增加5.94亿平方米的惊人规模;四是农民收入与城镇居民相比存在较大差距,而农村闲置住房存在年均4 000亿元的巨大浪费……这些尖锐矛盾的成因是多方面的,传统的村庄建设方式、传统的农居建设方式和传统的居住文化都是这些矛盾背后的推手。

也正是上述一系列尖锐的矛盾,让田畈村和月白塘村试点及其成功经验的意义凸显出来,受到越来越广泛的关注。

月白塘村新村的建设用地总面积为27 200平方米,全村户籍人口358人,人均建设用地75.98平方米,仅约为全国农村人均居民点用地面积(300平方米)的1/4。

月白塘村将其新村建设用地的近2/3用来建设标准厂房和高层住宅楼,为工业园区所用。工业园区不花一分钱增加了3栋高层住宅楼、2栋各6层的标准厂房,村民则获得了稳定可观的租金收入,实现了村庄与园区的双赢。

月白塘村新村村民居住建设用地为 9 425 平方米,仅约占全村建设用地总面积的 1/3,以全村户籍人口 358 人计算,人均住房建设用地仅为 26.33 平方米,建设了 6 栋 6 层的公寓楼,全村 150 户,户型均为 126 平方米,每户平均人数为 2.39 人,住得相当宽松。这样既节约了大量住房建设用地,又一劳永逸地解决了改善农民居住条件的问题。

如果全国农村人均居民点用地面积都能从现在的 300 平方米减少到月白塘村的 80 平方米左右,那就相当于全国农村居民人均耕地数量得到 220 平方米(约 0.3 亩)的增加,其总量应在 1 亿亩以上。

3. 功能分区破解难题

在不断增长的建设用地需求面前,如何守住 18 亿亩耕地红线,是我国经济社会发展面临的一大难题。

义乌采取旧村改造模式建设起来的新村,尽管一律采用了较为节地的四层半连体"垂直房"建筑形式,建设用地规模仍然严重超标;采取村庄整治模式建设的村庄,建房用地指标同样是"僧多粥少"。经过近 20 年的大建设,各个村庄中现在都已经是小洋楼密集、建设用地告罄。然而,有资格申请建房用地指标的人口在不断增加,农村发展也对建设用地不断提出新的要求:第二产业的发展,农业服务业、乡村旅游业和文化产业的兴起,农村医疗卫生机构和学校、幼儿园的建设,都需要土地;危房整治、传统村落保护和传统建筑保护需要进行必要的拆除,这些拆除都会产生原居住者的安置问题,同样需要建设用地。据第三次全国农业普查数据显示:农村中还有占农户总数 0.5% 的无房户,他们要建房也需要土地。历史已经走到了这样一个关口,我们必须做出回答:是改革创新村庄建设用地方式还是任由我们常住人口越来越少的村庄面积越来越大?是盘活我们沉睡的 7 000 万套农村闲置住房资源,还是沿着老路走下去,任由闲置房继续增加?

田畈村和月白塘村试点为我们破解难题找到了一条出路,一种切实可行的方法就是:通过功能分区,高低结合,节约、集约利用土地资源。

功能分区,抓住了村庄建设用地"超标"问题的症结,使围绕这一问题的诸多矛盾迎刃而解。在月白塘村,农民分到了宽敞舒适、配套齐全的住房,居住条件彻底改善;原来混合在农居中的生产功能分离出去,集中建设厂房和住宅楼,农民由此可以获得稳定可观的收入,他们自然不必再为多占宅基地而动脑筋,这就从根本上化解了村庄建设用地超标的矛盾。同时,集中建设的标准厂房和住宅楼为村庄产业的发展提供了良好的条件,也为外来人口解决了住房问题。

4. 功能分区关键在人

通过功能分区的方式实现节约、集约利用土地,不是简单的技术工作或技术手段所能做到的。功能分区是一场革命,是一项复杂的系统工程,其中最关键的问题是,农民的观念要改变,相关的政策要创新。

使广大农民改变传统观念是一件十分困难的事情,需要做艰苦、细致的工作,需要得到农民的信任,需要做出切实可行的、能够推动产业发展和促进农民增收的方案,需要编制符合村庄实际的、科学合理的村庄建设规划,需要有真心诚意为乡亲们谋幸福、能够把好方案落到实处的农村基层党组织,需要设计出未来村庄经济收益管理、分配的制度。这一切工作的核心是农民在这一过程中实现提升与发展,这也正是村庄建设工作的根本目的。

功能分区必然要求宅基地制度与相关法规与之相适应,要求政策创新、制度创新,要求正在进行的宅基地制度改革走入深水区。各地情况不同,人民群众的创造百花争艳,不可能有一把现成的尺子来度量,各地政府部门必须勇于担当,勇于改革,支持大众创新。在科学发展观看来,政策是路,不是墙。

5. 保护与发展统一

建筑是凝固的音乐,建筑是历史文化的载体。当社会、文化发生重大变化,作为载体的建筑必然随之发生改变。我们熟悉的村庄景观是与传统农业相适应的,它承载着丰富的历史文化,也凝固着农村的落后和农民的贫困。社会主义市场经济条件下的现代化农业和富裕起来的农民必然会深刻地改变村庄景观,使之与今天的现实和广大农民对未来美好生活的向往相适应。"功能分区"必将带来农居建筑和村庄景观的深刻改变。在引导和推动这一改变的时候,我们必须保护好我们的传统村落、传统建筑、古树名木和特色空间,保护好我们的非物质文化遗产,使发展与保护统一起来。

第三章 跳出红线

义乌的村庄建设规划工作,经过10余年的快速推进和不断创新,积累了宝贵的经验,获得许多关于村庄建设客观规律的认识。

第一节 村庄建设规划必须从村庄实际出发

规划专业诞生于西方城市,100余年以来,从伦敦到巴黎,从纽约到莫斯科,从东京到北京,在全球各地它一直专注于城市空间发展,为城市物质空间建设谋划。当我国村庄建设高潮到来,对村庄建设进行统一规划的任务落到肩头的时候,我们的规划专业在理论上、技术上、方法上均缺乏准备,仓促上阵的规划师几乎是本能地将城市小区规划的技术和方法照搬到了村庄建设规划之中。1999年编制并落地实施的义乌大陈二村建设规划,就是这种"照搬"的一个样本。此后若干年的义乌村庄建设规划,基本上沿袭了大陈二村的做法。

"照搬"城市小区的村庄规划表现出两大特点:其一,它们只在村庄建设用地红线内为建房、修路配置土地资源;其二,它们只为村庄配置生活功能(住房和生活服务设施)。

这样的"照搬"严重地脱离了村庄的实际。这是我们许多村庄规划只能停留在"纸上画画"而无缘落地实施的重要原因。

村庄与城市小区之间存在着巨大的差异,主要表现在以下几个方面:

(1)从空间范围看,城市小区只是城市的一部分,它不可能独立存在,其空间范围仅限于其建设用地红线以内,构成单一。村庄则不同,村庄是一个独立的经济体。村庄的空间范围——村域,由两部分构成,其一为村庄建成区,即建设用地红线以内的空间范围;其二为除村庄建成区以外的村域,即村庄的田野山林。在大多数情况下,在整个村庄空间范围内,村庄建成区只是很小的一部分,处于村域的中心部位。

(2)从资源禀赋的角度看,在其"红线"以外,小区没有属于自己的资源,所以小区规划也就没有对于"红线"以外的资源进行配置的工作内容。村庄则不同,建设用地红线内的村庄建成区,在其红线以外拥有自己可支配的资源,即村域内的山水林田湖草系统。这些资源支撑着村庄的生存与发展,也深刻地影响着村庄建成区红线内的村庄建成区的空间布局、建筑景观和功能配置。

（3）从功能配置的角度看，城市小区是生活区，小区的功能具有单一性的特征：小区居民就业的空间或场所在小区之外，小区不需要为其居民配置生产功能，它只需要满足其居民的生活居住需求。所以，小区规划的任务或者目标也比较单一，即保证其居民"住得好"。作为农村空间人和产业集聚的节点——村庄，其居民的就业劳作一部分在村外田野山林中进行，一部分则在村庄建成区内进行，这就决定了村庄建成区功能的多元性：它既是生活空间，又是生产空间。同时，村庄建成区内外即整个村域的生产功能、生活功能又是密不可分的：农民在村庄建成区外耕地上收获的谷物，要运回村庄建成区内的晒场上晒干、用风车去其杂物，然后才能入仓。收获的粮食在食用前，需要进行加工，收获的经济作物加工程序会更加复杂。从耕作、收获、仓储、加工到食用、销售，这一条融三次产业于一体的产业链，把村庄建成区和整个村域紧密地联系在一起，成为一个不可分割、功能多元的整体。农民居住在村庄里，到田野上劳作，也在村庄里和自己的农舍中劳作，所以，他对村庄建成区、对自己住房的需求是多元的——既有生活居住功能的需求，也有生产功能的需求。

不深入研究城市小区与村庄的区别，不深入研究城市小区居民和农民需求的差异，只管把城市小区的规划方法"照搬"到村庄规划中来，张冠李戴，必然脱离实际。

第二节　村庄建设规划必须坚持融合发展理念

从村庄实际出发的村庄建设规划，必须坚持融合发展。

20世纪是一个强调分工的世纪，分工的意义和作用被夸大到无以复加的地步。正是在这样的大环境中，义乌最初几年的村庄建设规划用一条村庄建设用地红线划定了规划师工作的空间范围，用这条红线围合的红圈隔断了村庄建设用地内外资源要素之间的内在联系。红线内的村庄建设规划，只配置生活功能，不考虑生产功能，同时既不考虑调动外部资源为村庄建成区服务，也不考虑村庄建成区如何带动整个村域的发展。

这个红圈，方便了工作，却也禁锢了规划师的思想，造成了村庄建设规划的"自我孤立"，封堵了村庄建设规划专业发展的路。

分工是必要的，但分工不能也不应该切断事物之间固有的联系。分工必须遵循经济社会发展的客观规律，必须适应经济社会发展的需要。人类社会是一个有机的整体，相关事物互相关联、互相影响，资源要素在流动转移，空间格局在调整变化，这就决定了分工只能是相对的而不能绝对化。事实上，即使是在极度强调分工的20世纪，人们也已经发现，分工的"壁垒"不断被打破，许多新发明、新理论、新学科、新专业都是在不同学科或专业的交界处、交汇区生长起来的。

进入21世纪，符合自然和人类社会发展客观规律的融合发展的理念，越来越深入人心。用融合思维来观察村庄、思考村庄建设工作，我们可以得出许多新的认识。

村庄作为农村空间中人口和产业集聚、融合的节点，是一个有机整体，是由多种要素构成的。构成村庄的各项要素既互相依存，又互相制约，其中任何一个要素的变化都会对其他要素产生影响。

村庄不是孤立的、静止的存在,它是历史文化发展进程中的一个节点。一个村庄如同一条小河,永远处在流动之中,今天我们看到的村庄,作为我们建设活动对象的村庄,是小河中的一个截面、一朵浪花。在历史文化发展的转型期、转折点,村庄必然会发生重大的变化。

村庄是生态环境中的一个节点,生态环境是村庄的母亲,绿水青山就是金山银山,村庄发展什么产业和产业的规模、产业的运行方式,在很大程度上取决于其所处的生态环境,取决于生态环境所提供的资源,取决于生态环境的承载能力。同时,村庄的产业、村庄所采取的发展方式又会对生态环境产生深刻的影响。与自然和谐发展的方式,是村庄实现永续发展的保证;急功近利、掠夺自然的发展方式,必然导致村庄的消亡。

村庄是城镇—村庄体系中的一个节点、一个器官,这一体系中资源要素的流动是否顺畅,决定着村庄的生死存亡。

村庄养育了人,人建设了村庄。村庄的历史文化陶冶了村民的气质、禀赋,村民的气质、禀赋、精神、性格凝结成村庄的文化基调。村民生产、生活方式的变化,必然带来村庄物质空间形态的变化。

村庄由多种要素融合发展而成,村庄处于城镇—村庄体系的整体之中,这就决定了村庄建设规划必须坚持融合发展,坚持村庄构成各要素的融合发展、良性互动。要顺应历史文化发展的大势,抓住历史机遇,传承、弘扬优秀文化传统;要坚持与生态环境和谐发展,加强生态环境保护,加强资源建设;要坚持城镇—村庄体系的融合发展,加强村际合作、城乡合作,走城乡一体化之路;要以人的发展为中心,以人的发展推动村庄的发展。

党的十六届五中全会提出的建设社会主义新农村的 20 字方针,列举了新农村建设五个方面的内容,即生产发展、生活宽裕、乡风文明、村容整洁、管理民主。不言而喻,这五个方面是一个以人为核心的、不可分割的整体,五个方面必须融合发展。村庄是 20 字方针落到实处的节点,20 字方针指导之下的村庄建设当然应该统筹安排上述五个方面的工作,实现五个方面工作的融合发展,而不能只管建房修路。

在 2018 年春天召开的第十三届全国人民代表大会上,习近平同志在谈到乡村振兴战略时,强调说:"实施乡村振兴战略是一篇大文章,要统筹谋划,科学推进。"习近平同志在这里所说的实施乡村振兴战略是"一篇大文章",强调的也正是由乡村的整体性所决定的乡村振兴战略的整体性。不言而喻,乡村振兴大战略中的村庄建设,也必须是整体性的、融合发展的。

第三节　村庄建设规划必须围绕产业发展展开

村庄建设围绕产业发展展开,是村庄建设坚持融合发展理念的一种重要方法、路径。党的十六届五中全会提出的建设社会主义新农村的 20 字方针(生产发展、生活宽裕、乡风文明、村容整洁、管理民主),把"生产发展"排列在新农村建设五个方面工作的第一位。2018年春天,习近平同志在谈到乡村振兴战略时,提出实施乡村振兴战略要实现五个方面的振兴(产业振兴、人才振兴、文化振兴、生态振兴、组织振兴),同样是把产业振兴置于"五个振兴"的首位。习近平同志指出,"要推动乡村产业振兴,紧紧围绕发展现代农业,围绕农村一二三产业融合发展,构建乡村产业体系,实现产业兴旺,把产业发展落到促进农民增收上来,全力以赴消除农村贫困,推动乡村生活富裕"。

人的发展、产业的发展是村庄物质空间建设的动力。人的发展与产业的发展是村庄物质空间形态的"因",村庄物质空间形态是人的发展和村庄产业发展的"果"。有什么样的农民,就有什么样的农业,就有什么样的村庄。所以,村庄物质空间建设不能也不可能脱离农民的发展和村庄产业的发展而"天马行空""独往独来"。唯一正确的选择是,村庄建设自觉地依靠农民、依托村庄产业,为农民的发展服务、为村庄产业的发展服务,在农民、产业、村庄三者的良性互动中实现村庄建设的创新发展。

从1982年开放小商品市场到1999年,勇于改革、不断创新的义乌人创造了辉煌的业绩:1999年,义乌的地区生产总值达到114.61亿元,是1982年(2.31亿元)的49.6倍;义乌农村居民家庭人均纯收入达到4 712元,是1982年的13.4倍,这是义乌村庄建设方式发生历史性转变的经济基础。正是在这样的经济基础上,义乌村庄建设实现了由传统的农户各自建房方式向以村为单位的统一规划、统一建设方式的历史性转变。

当转变已经到来的时候,当以村为单位的村庄建设需要进行统一规划的时候,规划师对于村庄却十分陌生,村庄建设规划只能从零起步。

大陈二村的村庄建设规划,基本上是"照搬"城市小区规划的思维和技术,规划的主要工作是在建设用地红线内分配住宅用地、公建用地和绿地、道路用地,规划内容不涉及村庄建设用地红线以外的资源,很有"画地为牢"的味道。

大陈二村开启的全拆全建的旧村改造模式,像城市小区一样,只为村庄配置居住功能和生活服务功能,没有考虑村庄产业发展和农民就业,结果是村庄功能配置过于单一,不能适应农民的需要,远离村庄产业发展的实际需求。于是,在改革开放的春风里,在政府鼓励农民经商、办厂的政策下,在义乌农村工业化的高潮中,出现了农民纷纷在自己新建的小洋楼里开办工厂的景象。对于农民而言,这是出于本能——千百年来,他们已经习惯了在自己的农舍中做农产品加工或修理农具一类的事情,现在用自己的房子办工厂是再自然不过的事情。对于规划师而言,面对自己规划的住房变成厂房的现实,却应该深刻地检讨,检讨自己的主观与农民的需求之间、与农村经济社会发展的大势之间,为什么会有如此严重的错位;检讨为什么农民要办工厂、农村经济发展需要工厂,我们却没有给村庄规划工厂。

令人遗憾的是,在最初的几年里,规划师关注的焦点只集中在建设用地上。旧村改造建设用地超标引发的"土地焦虑",只是一种局限于建设用地数量的浅层次思考,只是力图以简单的技术手段和政策限制来实现节地。由于脱离了农民和村庄产业发展需求的实际,楼村的"高层"试点虽然在技术上是成功的,却推广不开。

2009年,田畈村和月白塘村的规划与建设迈出了创新的第一步,这两个村的建设规划没有把建设用地全部用来建造村民住房,而是通过集约用地的方式节约出半数以上的村庄建设用地,再用之建设出租用住房和标准厂房,为村庄创造了相当数量的产业发展资源,使村民由此可以获得稳定的收入。这两个村的规划建设,可以视为义乌旧村改造模式的创新版。规划师摆脱小区规划的桎梏,创新村庄建设规划方法,将生产功能引入建设用地红线,既改善了农民的居住条件和村容村貌,节约了村庄建设用地,又推动了村庄产业发展、促进了农民增收,可谓一举多得。

第四节　村庄建设规划必须坚持以农民为中心

村庄建设必须坚持以农民为中心,必须尊重农民的主体地位,充分发挥农民的主体作用。

农民是村庄的主人,是村庄建设投资的主体,是村庄建设工作的服务对象。村庄建设与农民的利益息息相关,农民是村庄建设成果的直接受益者,也是村庄建设工作失误所造成不良后果的永久性的承担者。对于村庄建设工作的成败得失,农民体会最深、最直接,他们是村庄建设工作最有权威的评判者。

以农民为中心的村庄建设工作,第一要坚持为农民服务、为农民谋发展、谋农民的发展;第二要坚持依靠农民,以农民为主体、为主力；第三要确保农民公平分享建设成果。

没有农民的现代化,就没有中国的现代化,农民的发展事关全局,农民的发展是乡村振兴的根本目标和核心指标。村庄建设工作应该摒弃"见物不见人"的传统发展观,把农民的发展放在首位。

在推动经济社会发展的实践中提升自己,是农民实现自身发展最基本、最重要的途径。村庄建设是经济社会发展的重要内容,是一个创造、创新的过程。从农民发展的角度看,村庄建设既是一个为农民服务的物质空间建设工程,又是一个农民的提升工程,是农民提升自己的机会和有效途径。在村庄建设过程中,农民可以展示才华、提高素质、增长才干、得到发展。所以,农民的发展,是评价村庄建设工作第一位的标准。

人们习惯用"钱从哪里来,地从哪里出,人往哪里走"的三句话来概括统筹城乡发展和新农村建设工作,以为如此就能抓住要领。在这种思维方式之下,钱是第一位的,建设用地指标排在第二位,人(农民)被作为安置对象排在最后。在这种思维方式之下,政府成为村庄建设的绝对主体——政府要完成上级下达的任务,要实现自己的构想,政府以行政的力量推动、规划村庄建设工作,政府筹钱、投入,政府配置村庄建设用地资源,政府对如何安置农民做出安排并付诸实施——政府的主体地位、主体作用十分突出。其他主体,如规划设计单位、媒体、社会力量等等,要么掌握着技术,要么出了钱,要么摇旗呐喊,也都受到应有的尊重。唯独农民,没有多少说话的机会,他们很多时候处于被安置、"被上楼"的状态,成为村庄建设成果的被动接受者。

"被上楼"的农民,常常由于其不主动、不积极配合而招致"目光短浅觉悟低"的批评。

由此形成一个难题:理论上正确的"农民主体"论,在实践中行不通。

问题的症结在哪里?是通常的运行机制不科学还是农民"目光短浅觉悟低"而没有能力担当起主体的重任?

我们来看一看传统村落、传统建筑保护工作中的农民。

在传统村落、传统建筑保护工作中，常见的现象是，专家学者在喊、政府出钱在做、农民在看。

建筑需要"人气"，这是一个常识性的问题。一座建筑，有人居住、打扫并及时进行小修小补，建筑便能青春常在；一座建筑，如果没有人居住，很快就会衰朽。所以，传统建筑保护必须常态化。农民是传统建筑的主人，是房产拥有者。不管政府对传统建筑是否采取维修保护措施，农民都居住在其中。政府在采取保护措施之前需要征得农民的同意，修缮工程完工后仍然会交由原房东居住。所以，农民这个角色，在保护工作中处于十分重要的地位，没有农民的日常保护，传统建筑修缮的成果便不可能长期保持。然而，当政府采取保护、修缮措施的时候，农民常常是不情愿的；当传统建筑修缮完工，政府和专家对农民提出善加保护的要求时，许多农民也并不在意。

农民"不情愿""不在意"，成为传统村落、传统建筑保护工作最大的难题。

农民是不是真的无心也无力担当保护主体的责任？事实并非如此。

义乌今存的千百座传统建筑，都是农民保护下来的。这是无可争辩的事实。

在"文化大革命"期间，面对"破四旧"之风，许多农民冒着风险保护传统建筑、保护传统建筑中的艺术珍品——建筑木雕。在建筑木雕上抹上黄泥，是他们通常采用的"高招"。义乌佛堂镇田心村传统建筑培德堂中林则徐题写的"培德堂"大匾，就是村民将一张书写着毛主席语录的大红纸贴在大匾上才得以保全。在当时特殊的历史条件下，农民自觉地、勇敢地承担起了传统建筑保护主体的重任。

那么，为什么今天的农民会对传统村落、传统建筑保护表现出"不情愿""不在意"呢？问题的症结在利益。

我们的村庄建设政策规定：一户一宅，农户在分到宅基地之后，必须拆除其原有旧房才能建造新房。居住在文物保护单位中的农户，由于其原有住房（传统建筑）是不允许拆除的，所以无法得到宅基地，也不可能建新房。这样一来，传统建筑就成了他们的"累赘"——从居住条件上看，传统建筑在通风、采光、厨卫配套等方面均不如现代化的新楼房，相比之下，既不舒服，也不方便，更不"洋气"。这是传统建筑住户为保护而付出的代价。在现行政策下，这种付出得不到回报。更进一步说，那些建起了小楼的农户，可以通过房屋出租获得收入，传统建筑中的住户却与此无缘。正因为如此，每当问及传统建筑中住户的意愿，他们总是众口一词地要求分一块宅基地，搬出传统建筑。

你能说他们的要求不合理吗？你能说他们是在逃避保护主体的责任吗？

我们的宅基地分配政策，对于传统建筑中的住户而言，是不公平的——他们无缘与其他农户一样分享村庄建设带来的利益，他们为保护传统建筑而付出，却得不到相应的回报——农民的"不情愿""不在意"，原因即在于此。

从实际出发，我们应该做的不是对农民提出责难，而是调整政策，采取有针对性的措施，构建能够吸引农民积极参与的、农民能够当家做主的村庄建设机制，确保农民能够公平地分享村庄建设的成果。

第五节　村庄建设规划必须突出特色、发挥优势

从历史中走来的村庄,是各不相同的,它们各有各的特色和优势。村庄规划建设工作必须尊重村庄的历史,注意发现和挖掘村庄的特色和优势,而不是画一张图纸,把所有的村庄都装扮成一个样子。

义乌溪华村规划和缸窑村规划,精心谋划村庄产业发展,在物质空间建设规划和产业发展规划互相融合、围绕产业发展规划村庄物质空间建设的探索中,迈出了坚实的步伐。

一、上溪镇溪华村村庄建设规划

上溪镇位于义乌市域西部,山清水秀,名人辈出,拥有丰富的旅游资源。镇域蓄水3 000余万立方米的岩口湖,是义乌第一大水库。避暑胜地大草坪,著名景点马岭石林、岩下瀑布、黄山洞、萧皇岩千年古刹,国家级重点文物保护单位黄山八面厅古建筑,浙江省文物保护单位吴晗故居等自然、人文资源,为发展旅游业提供了良好的条件。

上溪镇农民有种植桃树的传统,过去只是出售鲜桃,产业比较单一。上溪镇政府因势利导,提出开发"十里桃花坞"的设想并实施了一系列发展旅游业的重大举措,"十里桃花坞"迅速成为义乌重点旅游景区和乡村旅游业的一张"金名片",每年花开时节,车辆相接,游人如织。

1. 发现主要矛盾

溪华村位于上溪镇西北山区,岩口水库上游,"十里桃花坞"景区的主入口处(图3-1)。

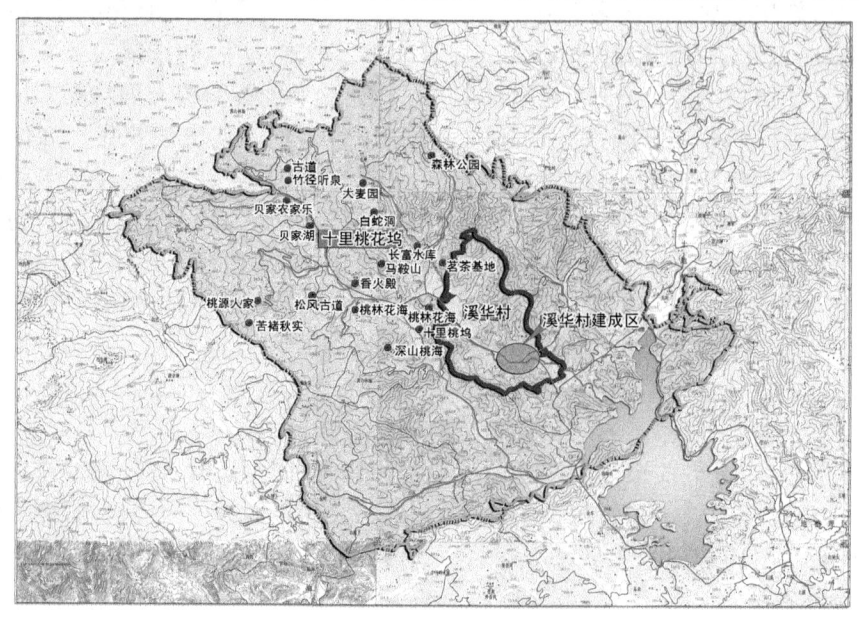

图3-1　溪华村区位图

2011年,在编制《上溪镇溪华村村庄建设规划》的时候,规划师最初也是依照惯例,只在村庄建设用地红线内做文章——按部就班地调集现有资料、进行村庄现状建筑调查、绘制平面图等等,用规划人员自己的话来说,就是在红线内"排房子"。

然而,溪华村"十里桃花坞"景区主入口的区位优势、溪华村丰富的旅游资源和"十里桃花坞"旅游业的兴旺,对规划师形成了越来越强烈的冲击,他们开始意识到,溪华村的村庄建设不应该只是按常规建房修路,而应该对旅游业的发展有充分的思考与安排,即使是盖房子,也应该与旅游业发展的需求相适应。

最初的想法是,处于"十里桃花坞"景区主入口的溪华村,应该建设成为景区亮丽的"大门",为景区增光添彩。这是"十里桃花坞"景区发展的需要,也是溪华村应该承担的责任。同时,依托景区发展村庄旅游,更是溪华村难得的机遇。

进一步的调研结果显示:溪华村具有发展旅游业的良好条件。

溪华村是周边一带较大的村落,曾经是人民公社、乡政府所在地,是片区政治、文化教育、医疗卫生和商业的中心,相应的设施如文化活动场所、体育健身场地、卫生院、供水系统和污水处理系统等较为完备。

溪华村的旅游资源较为丰富。

村庄四周有青山环抱,有一条清溪自西向东穿村而过,沿溪竹林、桃花相映成趣,溪上尚存古石拱桥数座(图3-2、图3-3)。

图3-2　群山环抱中的溪华村

溪华村建村已有600余年的历史,村民以农耕为主业,农事活动、桃林菜圃与青山、清溪共同构成了美丽、恬静的田园风光,生态环境未遭受明显破坏。

溪华村具有光荣的革命传统。1942年,日寇侵占义乌县城,中国共产党领导抗日军民,建立了金东义西抗日根据地,成立了抗日武装第八大队。溪华村村民抗日热情高涨,抗日民主政权——金义浦兰总办公室就设在溪华村,这里成为抗日根据地的中心。全村仅数百人的溪华村,就有数十人参加了抗日队伍,编成了一个中队。在解放战争时期,溪华村村民又为保护革命者做出了巨大贡献。1988年,溪华村被确定为革命老区村。至今,村内仍保留有抗日民主政权所在地旧址等红色文化遗址、遗迹。

图 3-3　溪华村村头古石桥

溪华村已经兴建了一批旅游设施:在溪华村小溪之畔,已建成桃华公园;在紧邻桃华公园、占地约 350 亩的华晟岩风景旅游区内,登山道、宾馆等旅游设施均已建成并投入使用(图 3-4、图 3-5)。

图 3-4　华晟岩风景旅游区入口

图 3-5　华晟岩风景旅游区宾馆设施

2008 年,义乌全市农村住户人均纯收入为 12 899.25 元,溪华村村民的收入水平比全市平均水平低了 4 097.25 元,仅为全市平均水平的 68.24%。显然,溪华村发展需要解决的第一件大事,是寻找有效途径,推动产业发展,促进村民增收。

综合考察溪华村的区位、资源、农民需求等各方面的因素,规划师提出了溪华村村庄建设的初步设想:依托"十里桃花坞"景区,大力发展乡村旅游业,村庄的建房修路等物质空间建设应围绕旅游业发展的需要展开。

这一设想是合理的。然而,对溪华村旅游业资源进行深入分析后,一个深刻的矛盾呈现在规划师面前。

溪华村村域面积为 193.73 公顷,现有户籍人口 1 247 人,农户 543 户,村民大部分从事第一产业,以种植桃树、板栗树、蔬菜为主。如果发展旅游业,作为"十里桃花坞大门"的溪华村,应该拥有大面积连片的桃林。然而,溪华村全村只有耕地 496 亩,人均耕地面积约为 0.4 亩,全村桃林的面积只有 300 亩,而且分布零散,七零八落,不成规模。这样的资源,显然无力支撑以桃产业为主导的旅游业。

溪华村发展旅游业面临的资源制约,也是"十里桃花坞"沿线 10 余个村庄共同的难题——多年来的分户经营,导致桃林单片面积很小且零星分布,不可能形成漫山遍野桃花争艳的理想景观,卖鲜桃也只能是小打小闹。资源现状如此,旅游业既不可能实现高效,也缺乏竞争力。

资源制约,成为溪华村发展旅游业的主要矛盾。

2. 制订解决方案

为了破解资源制约这一难题,规划师提出了扩大桃树种植面积的方案。

溪华村拥有 2 800 余亩山林。山林以马尾松为主,树龄多为 30 年以下,经济效益十分有限。规划师提出,溪华村旅游业的发展,出路在"靠山吃山"——选择条件适合的地块,改造马尾松林,建设连片的1 000亩桃林、800亩板栗林和300亩银杏林。

桃林、板栗林、银杏林既是第一产业资源,又是旅游业资源。建设上述2 100亩果林,可以使溪华村第一产业资源数量大增,为发展规模化特色农业打下基础。林果业的发展,必然带动林果加工业、物流业和林果及其加工产品销售业的发展。上述产业的发展,将为旅游业的发展提供有力的支撑。

进一步的设想是,如果"十里桃花坞"沿线的村庄都能像溪华村这样建设大面积桃林,那么,数年之后,上溪镇就会成为以鲜桃生产和林果加工业为特色的林果业生产基地。同时,"十里桃花坞"桃花如海的景观将形成,旅游产品也将更为丰富,游客来此,春可赏桃花,夏可摘鲜桃,秋可观满山银杏黄叶,还可以捡拾银杏、板栗果实。

由此,完成桃花坞沿线村庄产业的转型升级,形成三次产业融合发展的格局。

规划师绘制了溪华村种植2 100亩果林的规划图,溪华村村庄建设规划的工作应跳出村庄建设用地红线,走向广阔的山野。

为村庄产业发展谋划、为农民增收谋划,跳出村庄建设用地红线谋发展、谋建设,溪华村规划在村庄建设规划创新的探索中,取得了可喜的成果。原来只是在村庄建设用地红线内"排房子"的《上溪镇溪华村村庄建设规划》,变成了两个互相关联的规划,一为《溪华村旅游业发展规划》,一为《溪华村村庄建设规划》。

3. 溪华村建设规划

(1)《溪华村旅游业发展规划》

规划提出,以打造美丽乡村、休闲溪华为目标,着力塑造、提升溪华旅游景观"自然野趣"的特色。根据溪华村的地形、地貌、交通、生态环境和资源分布,规划形成"一点、一轴、一心、一区、四园"结构。

"一点":村头古石桥。通过环境清理,种植桃树,布置休憩设施,修建游路,形成进入上溪"十里桃花坞"景区入口处的第一个景点、第一个高潮。

"一轴":溪华村小溪。该小溪溪流清澈,有一段与过村公路相伴而行。规划沿小溪广植桃树,营造"……桃花林,夹岸数百步……芳草鲜美,落英缤纷"的景观,形成景区旅游与交通轴线的精华路段。

"一心":在溪华村中设接待中心。村中有几处古建筑保存较好,有抗日民主政权驻地遗址。规划提出将上述资源整合,形成村中特色空间和以历史文化为主要内容的景点。

"一区":村旁华晟岩风景旅游区。区内满山青松苍翠,已建成部分旅游设施。规划将其建设为一处集观光、餐饮、休闲、娱乐于一体的生态旅游胜地。

"四园":指蔬菜种植园、桃种植园、板栗种植园、银杏种植园。"四园"是第一产业生产基地,同时也是旅游景区,为游客提供广阔、充满乡野情趣的体验式旅游活动空间。

(2)《溪华村村庄建设规划》

经过村民多年的建设,溪华村的村庄建设已经形成新房包围旧屋的格局。新房均为多层钢混建筑,质量较好,是现状村庄建筑的主体。

村中有一些已经成年的年轻人,需要分家另建新居。

规划提出,尊重村庄自然生长规律,不搞大拆大建。凭借村庄原有格局,规划村庄空间总体结构为"一心、二轴、六片"。

"一心":旅游接待、活动中心。

"二轴":以特色商业街区形成的人文景观轴和沿溪桃林景观轴。

"六片":五个居住片区,一个公共服务设施配套片区。

新建居住用房布置在村庄西南角,规划建设两栋高层公寓,规划建设用地面积为3 077平方米,建筑面积为22 560平方米。如果按照村庄中原有连体多层"垂直房"民居模式建设,同样的建筑面积,至少需占用建设用地8 927平方米,两相比较,建高层公寓可节约建设用地5 850平方米(图3-6)。

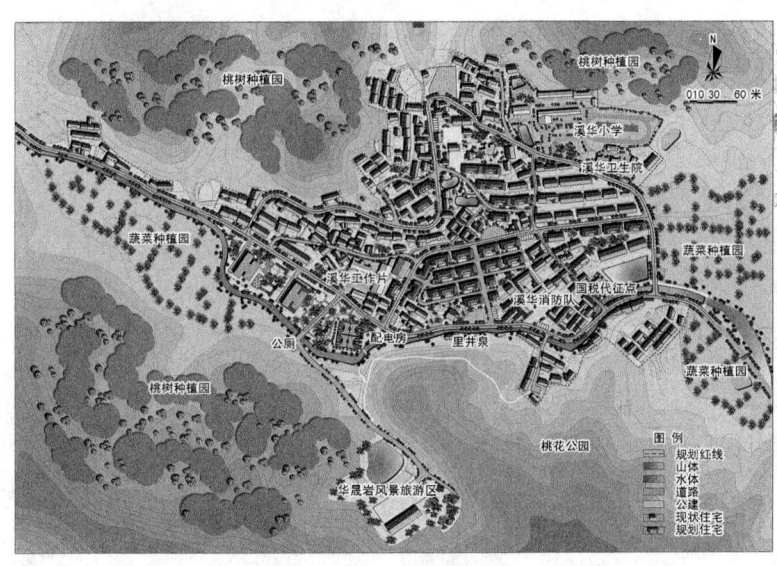

图3-6 溪华村规划总平面图

为了破解溪华村旅游业和农业发展资源不足的难题,促进农民增收,溪华村规划从资源建设入手,规划建设2 100亩果林。由此,溪华村规划跳出了传统的村庄建设规划只在村庄建设用地红线内建房修路的框框,将村庄建设规划扩展到整个村域的广阔空间,扩展到对于村庄山水林田湖草资源的规划,丰富、拓展了规划的工作内容,使村庄建设规划由单一的建房修路规划,转型为围绕产业发展的、包含产业发展规划和物质空间建设规划两部分内容的综合性规划,实现了村庄建设规划空间范围和规划内容的双重突破。

溪华村规划提出的将马尾松林改建成桃林的方案,得到"十里桃花坞"沿线各个村庄的响应,经过持续多年的努力,"十里桃花坞"景区桃林面积大增,漫山遍野、桃花如海的景观已经呈现在游人面前(图3-7、图3-8)。

溪华村规划给我们的启示是,村庄建设规划要有"为农民"之心。

各行各业,任何工作,都有一个"为什么人"的问题。为人民服务不是一句空泛的口号,它既决定着各方面工作的方向、目标,又决定着各项工作的内容、方法和成果的质量。

图 3-7 "十里桃花坞"中的村庄

图 3-8 "十里桃花坞"桃林

村庄建设是为农民服务的。然而,在实际工作中,常常出现为完成指标努力、为通过考评奋斗、为树"标杆"创建、为实现上级意图奔忙的现象,"为农民"的根本宗旨反而被淡化了、湮没了。溪华村规划的最为可贵之处,溪华村规划取得成功的根本原因,在于规划师有一颗为农民之心。他们发现,溪华村农民的收入水平大大低于义乌全市平均水平,面对这一事实,他们将村庄建设规划的核心目标定位为促进农民增收。他们的工作思路沿着一条因果关系十分明确的线索展开,即优化配置村庄资源—推动村庄产业转型升级—促进农民增收。

溪华村旅游业发展面临的主要矛盾,是桃林规模不足、分布零散。这个矛盾不解决,溪华村的第一产业和旅游业都只能是在低水平上小打小闹,农民收入增加的目标也无从实现。在产业发展低水平和农民收入低水平的双重制约下,溪华村村庄建设用地红线内的建房、修路、公共设施建设、旅游设施建设、景观建设,都不可能有多大作为,村庄的发展也只能是小步慢行,村庄物质空间建设成果则很可能在将来的某一天被"全拆"、被"改造"。

旅游业和第一产业发展资源制约这个主要矛盾,不可能在村庄建设用地红线以内解决,必须走向广阔的田野山林,调动整个村域甚至更大区域的资源。溪华村规划认识到了这个问题并找到了有效的解决方法。

二、《义亭镇缸窑村文化古村建设及旅游产业发展规划》

打造旅游目的地城市,是义乌重要的发展目标。

全球最大的小商品交易市场,是义乌城市旅游业的优势资源。伴随着义乌国际商贸名城美誉度的不断提升,义乌的旅游业实现了快速发展。2010年,义乌全市共接待游客810.78万人次,同比增长18.39%。其中,境外游客45.01万人次,同比增长20.07%。

义乌是浙江省乃至长三角地区旅游经济圈的一大亮点。购物游是义乌旅游产业的重头戏,义乌国际商贸城的购物旅游中心被评定为全国首家4A级购物旅游景区。2010年,其购物旅游接待处共接待旅游团队6 490个、游客223 941人次,全年平均每天接待旅游团体17.78个、游客613.54人次。

与红红火火的城市旅游业相比,乡村旅游是义乌旅游业的短板。

2009年,义乌全市共接待国内外游客684.8万人次,而农家乐接待的游客总数为155.3万人次,仅占全市接待游客总量的22.7%。旅游市场城乡分割是义乌旅游业发展的突出问题,农家乐接待的绝大多数是本市游客,外地游客(包括境外游客)则集中于主城区内,极少到乡村去旅游。旅客活动内容单一化,是义乌旅游业的另一大突出问题。在市区旅游的游客,旅游活动内容主要集中于购物;到农村空间旅游的旅客,主要活动内容是吃农家饭。游客吃一顿农家饭就起身回城,乡村旅游业商品单一、效益不高。

义乌农村,有着丰富的旅游资源。

仅就名人资源而论,义乌的名人和著名的人物群体多出自农村。

义乌名人中的突出代表有古代"三杰"和现当代"三杰"。古代"三杰"是初唐四杰之一的骆宾王、抗金名将宗泽和元代四大名医之一的朱丹溪;现当代"三杰"是《共产党宣言》第一个中文译本的翻译者陈望道、革命文学家冯雪峰和著名历史学家吴晗。现当代"三杰"的故居均在乡村,至今保存完好。

义乌著名的三大人物群体,其一是明代抗倭英雄群体"义乌兵"。"义乌兵"是名将戚继光在义乌征选、训练的一支抗倭劲旅,他们在抗倭战争中奋勇杀敌,转战浙江、福建、广东三省,攻无不克、战无不胜,为彻底平息倭患、保卫祖国建立了不朽的功勋。其二为近当代"鸡毛换糖"的农村商贩群体,这个群体初兴于明末清初,20世纪40年代末发展至万人以上,他们农忙时务农,农闲时经商,挑着货郎担游走于浙江、安徽、江西、江苏诸省的乡村,以义乌农村出产的糖制品和手工业产品换回鸡毛、骨头等各类废旧物资,义乌农户对这些废旧物资进行加工、处理,下脚料用以肥田,以提高稻谷产量。

历经数百年,极尽辛劳、极尽心智,这个群体传承了奋斗精神、诚信精神、创新精神,能人辈出。改革开放之初,他们成为推动义乌农村工业化高潮和商贸业勃兴的骨干力量。义乌改革开放的破冰者、时任义乌县委书记的谢高华,在深入调研后做出判断后说:"义乌农村中有经商能人,有能工巧匠,这就是义乌的优势。"正是依托这个优势,义乌走在了改革开放的前列。其三为在改革开放年代成长起来的草根企业家群体。这个群体中的许多人,都有过挑着货郎担"鸡毛换糖"的经历,他们从摆地摊、卖别人的货做起,快速转型为自己办工厂、创自己的品牌,并把自己的产品卖到全世界200多个国家和地区。在快速崛起的过程中,他们成长为"工商一体"的特色现代企业家,他们发明了数百种商贸方式,对全球商贸业业态创新产生了深刻的影响,他们被誉为义乌最宝贵的财富、义乌商贸业最大的优势。

自1982年开放小商品市场以来,义乌人坚持"兴商建市"发展战略,把一个贫穷落后的农业县建成了国际商贸名城,创造了经济社会持续快速发展的奇迹,义乌改革开放的伟大成就、义乌人创业创新的业绩和经验早已名闻于天下,30多年来,国内外前来学习、考察者不绝于途。随着我国国际影响力的日益提升,可以预见的是,到义乌来学习大众创业、万众创新经验的境内外游客将越来越多,而完整的义乌经验、真实的义乌故事,都离不开义乌农民,离不开义乌农村空间,都需要到义乌农村空间去探求;义乌农村的吸引力将越来越大,义乌乡村旅游业,特别是以讲述义乌故事、介绍义乌经验为拳头产品的乡村旅游业,市场前景极其广阔。

义亭镇缸窑村文化古村建设及旅游产业发展,是义乌结合美丽乡村建设,为大力发展乡村旅游业而启动的一个重点项目。

缸窑村,是义乌市著名的以陶制品生产为主业的特色村。村中的龙窑,是义乌现存规模最大、保存最完整的古陶窑遗址,义乌市重点文物保护单位。

1. 缸窑村旅游资源分析

《义亭镇缸窑村文化古村建设及旅游产业发展规划》(以下简称《规划》)对缸窑村旅游资源进行深入研究,发现该村有两大优势资源:一为维系义乌灿烂史前文明的陶文化(陶产业),二为三次产业融合发展的中华大智慧。

(1) 陶产业——从远古走来的缸窑村传统主导产业

制陶业是人类形成最早的规模化生产的工业产业。

义乌人制作陶器的历史,可以上溯至距今1万年前的史前文明时期。

在20世纪70年代之前,黄河流域是中华民族摇篮的认识深入人心。1973年开始的河姆渡文化遗址发掘表明:在距今约7 000年之前,长江流域已经有着以稻作文明、干阑文化和陶文化为代表的繁荣的原始文化。于是形成了新的结论:长江流域与黄河流域同为中华民族远古文化的发祥地,同为中华民族的摇篮。

2001年,在义乌市邻县浦江县发现了上山文化遗址,考古发掘表明:早在距今1.1万年之前,浙江金衢盆地东端已经有着灿烂的史前文明。这一发现,将长江流域人类活动起始的时间向前推进了约4 000年。

义乌与浦江同处浙江金衢盆地东端,在距离浦江上山文化遗址仅10余千米处的义乌桥头村,同样发现了上山文化遗址。发掘结果表明:这里的上山人活动的时间,距今大约9 000年。义乌桥头上山文化遗址出土的陶器与浦江上山文化遗址出土的陶器均以夹炭红衣陶为主,与稻作文明联系紧密。在浦江和义乌上山文化遗址中出土的陶器,胎土中均夹杂着大量的稻壳。对陶片取样进行植物硅酸体分析的结果显示:这些稻壳来自人类选择、栽培的早期水稻。

也就是说,义乌和浦江上山文化遗址出土的陶器,作为重要的证据,证明在距今1万年以前,在金衢盆地东端,人类已经在选育、种植和食用水稻,这里是长江流域乃至世界稻作文明最早的发源地之一。

生活在距今大约9 000年之前的义乌上山人,种植水稻、制作陶器、建造干阑式木屋,创造了灿烂的史前文明,为中华民族和中华文化的肇兴做出了重大贡献(图3-9、图3-10)。

图3-9 义乌桥头上山文化遗址出土的红陶罐　图3-10 义乌桥头上山文化遗址出土的红釉陶罐

在义乌博物馆馆藏的陶器中,有为数众多的原始陶器,还有原始青瓷。生产于汉代的瓿、壶、鼎、盒、罐、碗、瓶等陶器有上千件之多。位于廿三里街道的宋代葛塘窑址,破碎碗片堆积如山,广弃于方圆数里之地,以其巨大的规模展示着宋代义乌制陶业的发达与兴盛。

缸窑村的陶产业上承汉、唐,最早可以追溯到距今9 000年前的史前文明时期,历史悠久,积淀丰厚。

旅游业离不开丰富多彩的故事,在缸窑村这里,有着极为生动、丰富的陶文化故事。

缸窑村位于义乌市西南部义乌江北岸的平原上,距义乌江直线距离约3千米,距义乌主城区约15千米,距义亭镇区约5千米,东临何店村,南接杭畴村,北靠黄东山,西侧为缸窑溪和上胡村,交通便利。全村现有户籍人口867人,计367户,耕地面积约为680亩(图3-11)。

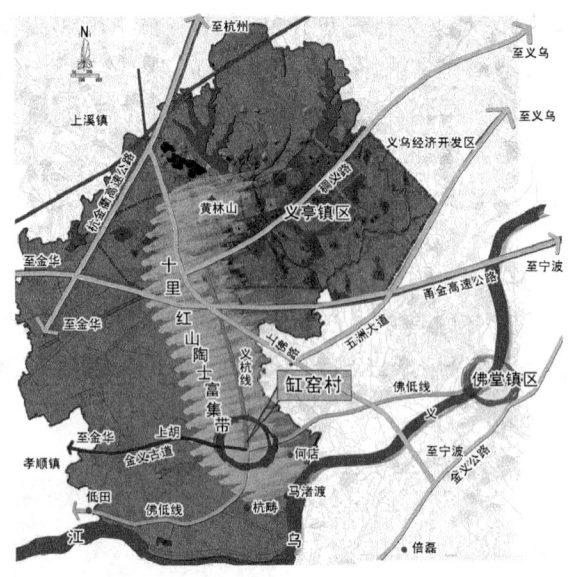

图 3-11　缸窑村区位图

缸窑、何店、杭畴一带，方圆 10 里（1 里 = 500 米），皆为红壤丘陵，陶土资源十分丰富。缸窑村的地形为东高西低，高差一般不大于 10 米，非常适合建造由低向高缓缓爬升的龙窑。

义乌江在缸窑村南自东向西流，至马渚向北弯，形成一个良好的港湾。缸窑村人在这里建造码头，称马渚渡。中华人民共和国成立前，何店、缸窑、杭畴三个村烧制出的各类陶器，均从马渚渡用木帆船运往衢州、兰溪、萧山、杭州等地。在陶器生产的全盛时期，马渚渡每天要发船 30 多班次，冬季水浅，则改用木筏运输。缸窑村通往渡口的路上，运送陶器的搬运夫们络绎不绝。

与缸窑村仅一水之隔的倍磊村、平望村一带，属山区半山区，盛产松杉。松树长到碗口般粗细时，每年都要砍去一些枝丫，以利于其生长。砍下的松枝，正是烧制陶器的上等燃料。倍磊、平望一带村民除以松枝烧火做饭之外，别无他用。松柴量大，价格又低廉，每年冬春两季，只要陶窑开始收购，便有成群结队的人挑柴上门。

依托陶土资源丰富、义乌江水运之利和松柴价格低廉这三大优势，缸窑村、何店村、杭畴村的陶器制作业兴盛了数百年。

缸窑村有记载的历史，始于北宋年间。当时，有杭畴村人在现缸窑村一带兴办缸窑坊，制作日用陶器。市场需求旺盛，产品销路好，缸窑坊生产规模日渐扩大，为方便生产，越来越多的人在缸窑定居下来，日久天长便形成了村落。

村以业生，村以业名，就叫缸窑村。

中华人民共和国成立后，缸窑村成为杭畴乡政府所在地，是全乡政治、经济、文化的中心，村中修建了办公楼、宿舍楼、大会堂、邮电所、卫生院、百货商店、信用社、粮站等公共建筑和基础设施。改革开放后，扩镇并乡，缸窑村是杭畴工作片所在地。

缸窑村发展的历史生动地说明：产业的集聚，是村庄形成的前提条件；产业的发展，是村庄发展的动力和决定因素。

在制陶业发展的全盛时期,缸窑村拥有四个窑炉。1951年,缸窑村有五家私人联营的陶器厂。1956年,成立公私合营的陶器生产合作社,主要生产酒缸、酒坛、榨菜坛、工业用陶管。缸窑村所产陶器,质量高,声誉好,产品畅销浙江以及江西、江苏等地。1958年,陶器生产合作社并入国营义乌陶器厂,缸窑村设义乌陶器厂分部。

制陶业为农村劳动力提供了大量的就业机会。陶器的生产经营,涵盖了从取土、滤泥、制坯、上釉、彩绘、装窑、烧制、出窑、运输、销售等一系列工艺流程和生产经营环节,是一条很长的产业链。缸窑村的男人们几乎全部在这一产业链中忙碌,女人们便成了农业种植业、养殖业的主力,村子里没有闲人。

从制陶产业链受益的,并不只是缸窑村的农民。缸窑村烧窑需要松柴,邻近村庄近山而居的农民就为缸窑村送来松柴。

1万年以前,浦江、义乌上山人制作的陶器属于低温陶。那些陶器,无论是器物表面还是陶片内部,都存在着稻壳的碳化物,这表明上山人在制作陶器的时候,在陶泥中加入了稻壳。在陶泥中加入稻壳,应该是为了防止陶坯在烧制的过程中开裂。不知从什么时候起,防止陶器在烧制过程中开裂的方法有了意义重大的进步,即人们用河沙取代了稻壳。或许正是得益于这一技术创新,原始的低温陶退出了历史,表面光滑、漂亮、坚固的陶器进入了人们的生活。缸窑村制陶需要河沙,邻近村庄傍河而居的农民便下河捞沙、洗沙,提供给缸窑村使用。

(2) 三次产业融合发展的中华大智慧

20世纪80年代后期,大量塑料制品涌入市场,传统陶制品销量下滑,至20世纪90年代后期,义乌陶器厂缸窑村分部停止生产。

工厂、矿山一旦停产,其工人便面临失业的命运,工厂、矿山所在的城市也常常会人去城空。业衰而城衰,昔日的繁华一去不复返,这样的悲剧在全世界各地,尤其在发达国家频繁上演。底特律曾经是美国的汽车城、美国制造业的骄傲,然而,昔日的辉煌随着产业的衰落而消逝,今天的底特律已经失去活力、人口锐减,成为美国因制造业衰落而陷入低迷状态的"锈带"地区城市的代表。

缸窑村却没有因为缸窑熄火、主导产业停工而人去村空,它依然是周边一带的经济、文化中心,并且迎来了新的发展机遇。

缸窑村之所以能够长盛不衰,"秘诀"在于:除制陶产业链之外,缸窑村还有另外几条产业链。

其一,第一产业相关产业链。缸窑村有稻田、有旱地,缸窑熄火了,田地里的作物照样生长,依托土地的产出,缸窑人有饭吃。

其二,酿酒产业链。缸窑村的酒,以稻米为原料,有很高的市场知名度。与缸窑村的陶器一样,缸窑村的酒也是经由义乌江运往兰溪,再由兰溪运往各地销售。缸窑村的酒,大多采用本村陶窑生产的缸、坛、瓶盛装。这样一种就地取材的方式,将酿酒业、农业种植业和制陶业这三条产业链扭结、融合在一起,共同构成缸窑村的经济基础。

其三,文化产业链。制陶业与酿酒业带来了较为丰厚的收入,缸窑村遂得以经常请婺剧班子到村里来演出。久而久之,村子里有才艺的人成了票友。再后来,村子里有了自己的戏班子。一条婺剧文化产业链逐渐形成并发展起来。浓郁的婺剧文化氛围和婺剧文化产业链为缸窑村人提供了新的发展空间,一批又一批婺剧人才脱颖而出。全国第一个进京表演的农村婺剧团,即出自缸窑村。多年来,缸窑村为国家培养了很多优秀的婺剧演员,其中最为著名的有朱芸香和她的儿子王小平——浙江婺剧团团长,以及金华市婺剧团团长朱福余、朱福龙,副团长陈福昌等。今天,缸窑村中依然有经常性的群众婺剧表演活动。

制陶、酿酒、农业和婺剧文化这四条产业链在缸窑村互为支撑、融合发展,为缸窑村人提供了涉及今天人们所说的第一产业、第二产业和第三产业的广阔的就业空间,由此奠定了缸窑村经济社会发展的基础。三次产业融合发展,互为市场,使缸窑村人得以充分、合理地开发利用自己的各类资源,将缸窑村的村庄经济建立在一个十分稳定、牢固的基础上,极大地增强了村庄经济的抗风险能力,实现了村庄的持续稳定发展。

三次产业的融合发展为缸窑村人的发展提供了良好的环境。20世纪70年代末,义乌农村工业、商业悄然兴起并迅速发展。1982年,义乌县委、县政府大胆改革,开放了小商品市场,农村工业、商业迎来了大发展的黄金时代,义乌主城区成为义乌工业、商贸业集聚的中心。正是这个时候,缸窑村的制陶产业开始走向衰落。缸窑村人心灵手巧、脑子活、抓住时机,迅速向工业、商贸业转移,他们走出村庄,走向主城区,走向全国,缸窑村的发展由此进入市场经济新阶段。

多条产业链融合发展,是中国农民、中国村庄的伟大发明,是中国人生存、发展的大智慧。

几千年来,许许多多曾经辉煌的文化之火熄灭了,中华文明却成为全球四大古文明中唯一一个没有出现断裂的文明。几千年来,许许多多曾经强盛的国家消亡了,古老的中国却历尽沧桑,巍然屹立。如果要探寻中国"长寿"的奥秘,多条产业链融合发展是一条重要的经验——多条产业链融合发展使我国的村庄实现了稳定和持续。稳定持续的村庄,支撑了国家的稳定和持续,确保了中华文明的长盛不衰。

智慧资源与物质资源有两大根本区别:首先,智慧资源不是大自然的赐予,而是人民群众创造出来的。其次,在创造、开发、利用的过程中,智慧资源不会损耗、不会减少、不会造成污染,也不产生废弃物,通过人民群众的创造、创新,智慧资源的数量会不断增加,质量会不断提高。所以,智慧资源是一种取之不竭、用之不尽的绿色资源。我国人口众多,智慧资源创造、创新的总量特别巨大,这是我们的突出优势。改革开放破除了重重壁垒,斩断了一条条束缚人民大众创造、创新的绳索,为我国智慧资源的创造、创新开辟了广阔的天地。

智慧资源是宝贵的财富。在很多时候,智慧资源是比物质资源更为宝贵的、更为重要的财富。对于人的自由全面发展而言,智慧资源更是具有特别重要的意义。

缸窑村发展的历史是一个生动的中国故事,它告诉人们:三次产业融合发展,多条产业链融合发展,有利于各类资源的充分开发利用,有利于人的全面发展,能够为城镇和村庄提供强大的、永续的动力。

2.《缸窑村古村保护整治规划》

缸窑村规划分为产业发展规划和古村保护整治规划两部分。这两部分并不是互不相干的,它们统一于村庄产业发展和农民增收的目标之下。

确定保护对象是《缸窑村古村保护整治规划》最重要的工作。

缸窑村的龙窑,是义乌市文物保护单位,是义乌全市现存规模最大、保存最为完好的古陶窑。窑全长 60 余米,沿山坡由低向高爬升,由炉堂、窑床、窑铺三部分构成;窑内宽 2.3 米,高 2 米余,拱顶的砌砖,由于烧窑过程中蒸气所携带的釉彩多年凝结,裹上了厚厚的一层釉彩,五彩斑斓,温润如玉。

窑上建有廊棚。窑前有一小广场,植有古樟树。

龙窑是缸窑村重要的工业生产活动中心,是缸窑村最具特色的陶文化空间(图 3-12 至图 3-14)。

图 3-12　缸窑村特色空间——龙窑、小广场、古樟树

图 3-13　龙窑窑身

图 3-14 龙窑内景

缸窑村的建筑物、构筑物，具有浓郁的陶文化特征。村中至今保存多处用废陶缸、陶罐作为墙体材料砌筑的房屋墙体和挡土墙、院墙，用陶器碎片铺砌的道路更是随处可见。这些建筑物、构筑物随时都在提醒进入村庄的人们：你们已经进入了一个陶器王国（图 3-15）。

图 3-15 以缸片和废弃的缸砌筑的墙体——缸窑村的特色建筑

缸窑村的传统建筑，多为四合院、三合院，具有鲜明的浙中民居粉墙黛瓦、马头墙特色，其代表为义乌市文物保护单位谦受堂。谦受堂又称"缸窑十八间"，始建于民国四年（1915年），由主体四合院与其东面的三合院组成，占地685.5平方米。四合院落坐北朝南，前后两进，左右厢房为两层。谦受堂主人以酿酒发家，谦受堂前有一小广场，广场一侧建有一排平房，为昔日的酒作坊。谦受堂院落、小广场、酒作坊，共同形成了缸窑村又一处特色空间——酒产业空间（图3-16、图3-17）。

图3-16　缸窑村一角

图3-17　谦受堂

谦受堂空间与其北面的龙窑空间联系密切——龙窑生产的酒坛、酒瓶被运到这里,装满酒之后再运往码头,装船外运。所以,这个酒产业空间,又兼有陶文化特色。

龙窑和谦受堂空间,被列为最重要的保护对象,一南一北,共同组成缸窑村的核心。昔日,缸窑村制陶,采取的是各户自行制坯,若干户为一组,各组按约定的顺序将陶坯运到龙窑烧制的方式。龙窑由此成为村庄道路系统的中心,村内的各条道路都通向龙窑。

龙窑产出的陶器,从龙窑运出村外、运往码头,缸窑村最宽的运输通道即由此形成。产业决定空间,产业的生产经营方式决定空间,缸窑村的空间布局、道路系统无处不体现出陶产业的特色。所以,缸窑村的空间布局、道路系统也被列为保护对象。

缸窑村的水塘特别多。义乌是江南水乡,每个村庄都有水塘,少则一两口,多则十余口。我们前面曾经说到的地处小盆地底部的岩南村,四水汇流,水塘众多,也不过十几口塘。缸窑村却有大大小小共计28口塘。这些塘,大多集中分布在村外的西北面、西面和西南面,多是由制陶取土形成的,是缸窑村陶产业发展形成的特色景观,当然也需要保护。

通过广泛征集,在村民的支持下,缸窑村村办的陶文化博物馆,已经集中了以陶缸为代表的丰富的藏品;婺剧服装、道具,也已经集中收藏。

樟树是义乌的市树。缸窑村中的多株古樟,均被列为保护对象。

缸窑村的第一产业资源(稻田、旱地等)、缸窑村的生态环境(山水林田湖草),是村庄发展的基础与依托,均被列入保护对象范围。

《规划》确定的上述保护对象,均为缸窑村的旅游资源。"有形"是其共同特征。因其有形,所以它们能够成为缸窑村的无形资源——陶文化和三次产业融合发展大智慧的载体。旅游业需要讲故事,借助具体的事物,故事可以讲得更生动、更吸引人。如果要划分层次的话,那么,无形的历史文化资源——陶文化和三次产业融合发展的大智慧,是第一个层次的资源、根本性的资源;有形资源,则属于第二个层次的资源。

3.《缸窑村产业发展规划》

通过认真研究缸窑村的历史文化资源、产业发展史、村庄发展史以及三者之间的关系,缸窑村规划确定了以旅游业作为缸窑村未来的主导产业,以此带动相关产业协调发展的思路:以旅游业为龙头,同时发展前景好、增长潜力大、与旅游业相关的配套服务产业和生态农业、观光农业,发展特色陶艺品生产和田藕、菱角、高粱等产品的生产,形成有机复合的产业体系,充分发挥缸窑村制陶文化、婺剧文化、古建筑文化和农业资源、生态资源的综合优势,打造"浙中陶艺第一村,度假休闲好地方"(图3-18、图3-19)。

《缸窑村产业发展规划》方案具有很强的针对性,有助于破解农村经济发展所面临的诸多难题。

农村经济社会发展的主体是农民。农民的发展,决定着农村经济社会的发展,同时也决定着我国小康社会建设的成色和质量。

当前农民发展最大的难题是增收。导致农民增收难的原因很多,其中有两个问题是可以通过转变农村产业发展方式得到解决的。这两个问题是农民就业不充分和农村资源开发利用不充分。

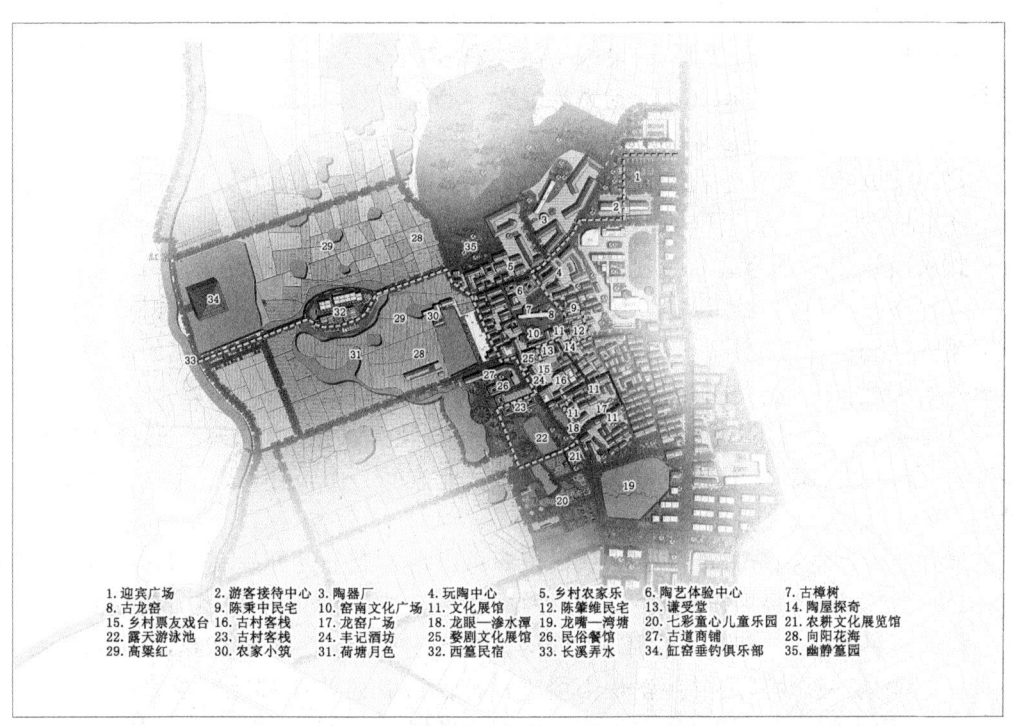

图 3-18 缸窑村景点与游线规划图

图 3-19 规划中的缸窑村旅游接待中心（以旧厂房改建）

在传统发展方式之下，特别是在计划经济时期农业"以粮为纲"的方针之下，农业产业结构单一，劳动力被集中用于生产粮食。单一抓粮食，导致耕地资源开发利用不充分，而粮食生产具有很强的季节性，由此又导致农民就业不充分。改革开放，解放了生产力，提高了农业生产效率，而同时，耕地总量却在不断减少，农民就业不充分的矛盾更加突出。农民向城市转移，到城市就业是农民寻找就业机会的自发行动。我国农民在产业上和空间上的同步转移,为我国工业的发展提供了充足的劳动力,推动了我国经济的持续快速增长,然而,也带来了诸如农村"三留人口"(留守妇女、留守儿童、留守老人)、村庄"空心化"和农业劳动力老龄化等严重问题。由此,又导致耕地等农村资源开发利用不充分的问题进一步加深。

将一部分乃至大部分农民转移出去,虽然可以使农村劳动力人均资源得以增加,但不能从根本上解决农民就业不充分的问题。因为,简单地减少农业劳动力并没有触及导致农民就业不充分这一问题的根源——种植业、养殖业生产的季节性。

乡村旅游业不仅可以帮助农民增收,而且能够带动农村经济和农村建设(包括物质文明建设和精神文明建设)的发展。但是,乡村旅游业同样具有很强的季节性。如果单一发展旅游业,农民同样会遇到就业不充分、收入增长困难的问题。

缸窑村规划提出的"建设以旅游业为主导、多业互动的、有机复合的产业发展体系"的产业发展方案,使农民可以就地在三次产业之间自由转移,摆脱单一产业下季节性失业的困扰,实现充分就业。

通过三次产业融合发展,农业、农村资源可以得到充分的开发利用:过去农民种油菜,只能从油菜籽销售中得到收入,通过发展乡村旅游,油菜花的观赏价值被开发出来了,农民还可以用油菜籽加工食用油,获得第二产业收入。游客来赏花,又能带动餐饮业、民宿业的发展。游客进村,就是市场进村,蔬菜、农民住房都能够换来收入。缸窑村的龙窑,原来闲置在那里"分文不值",旅游业发展起来,它就成了"摇钱树"。

农民实现充分就业,农业、农村资源得到充分开发利用,农业、农村经济的腾飞和农民的增收就有了坚实的基础,就有了强大的动力。

缸窑村规划提出的"建设以旅游业为主导、多业互动的、有机复合的产业发展体系"的产业发展方案,是缸窑村多条产业链融合发展大智慧的创新版,是对我国农村三次产业融合发展大智慧的传承与创新。

缸窑村规划依据"以产业发展规划为核心内容,以产业发展推动村庄物质空间建设,村庄物质空间建设围绕产业发展展开、为产业发展服务"的规划思路,将村庄建设规划与产业发展规划融为一体,实现了村庄建设规划的历史性跨越。

4. 农民发挥主体作用

在缸窑村规划编制与实施的过程中,农民的主体作用得到了充分的发挥。他们主要的投入方式有三种,即资金投入、资源投入和劳力与智慧投入。

旅游业发展与历史文化、传统建筑、特色空间保护工作的密切配合、互融互动,是缸窑村规划落地实施的关键。在这一过程中,农民发挥了至关重要的作用。一些传统建筑中的居住功能需要置换出去,一些传统建筑需要进行适当修缮、改建,一些传统建筑需要腾出来用以展示村庄历史文化或作为游客休憩、品茶之所,所有这一切变动都需要农民配合、参与。缸窑村有许多虽然评不上文物保护单位或者传统建筑,却具有陶文化特色的旧房,原来闲置无用,现在农民想出了利用的办法:他们按照"修旧如旧"的原则,把这些房子加以修缮,用来开设小吃店、服装店、小卖部、雕刻店等等,招牌挂起来,酒旗飘起来,小吃的香气四溢开来,昔日破旧、沉寂的老街旧巷一下子变得韵味十足、生机勃勃,成为游客必到之处(图3-20至图3-28)。

图 3-20　缸窑村入口处的巨型石雕缸

图 3-21　缸窑村新街景(一)

图 3-22 缸窑村新街景(二)

图 3-23 缸窑村新街景(三)

图 3-24　村民称为"龙眼"的缸窑村古井
注：该古井装扮后成为景点。

图 3-25　旧屋新用(一)

图 3-26　旧屋新用(二)

图 3-27　缸窑文化礼堂

图 3-28　缸窑文化礼堂中陈列的反映传统榨糖工艺的画作

缸窑村有句老话:"千里江山出状元,十里红山开缸窑。"陶产业培养、造就了一代又一代的制陶工人,他们当中不乏能工巧匠、非物质文化传人,他们是缸窑村陶文化的传承主体和创新主体。缸窑村的孩子们从小就爱玩泥巴,设在缸窑村的杭畴小学充分利用这一优势,多年来一直坚持开设陶艺课,并成立了红金泥陶艺社团,培养学生们的兴趣爱好。该校在师资力量和设备配置上都有自己的优势,师生们将现代文化注入陶器之中,用电炉烧制陶器,他们的作品多年来荣获国家级、省级、市级 100 多个奖项。当旅游业发展起来,缸窑村人便成为旅游业的宝贵资源和推动旅游业发展的重要主体。缸窑村的陶艺馆,现在已经成为缸窑村最红火的旅游点,来自各地的、不同年龄段的孩子们在这里玩泥巴、做陶器,在游戏中接受祖国优秀文化的熏陶,而他们的"师父"便是缸窑村的工匠和孩子们(图3-29、图3-30)。

图 3-29　陈列架上摆满孩子们作品的缸窑陶艺馆　　**图 3-30　在陶艺馆玩泥巴的孩子们**

在编制缸窑村规划的时候，规划师意识到，缸窑村龙窑的熄火并不等于制陶业的没落，而是由于缸窑村的陶器产品不能适应市场需求的变化。所以，他们提出了发展特色陶艺品生产的设想。这一设想，立足于缸窑村丰富的陶土资源和陶产业悠久的历史，立足于缸窑村陶产业的人才优势，立足于缸窑村三次产业融合发展的需要，也寄托了规划师对于中国古老陶文化的深厚情感。就陶产业而言，它一直保持着旺盛的活力，一直与人类同行，一直在与时俱进，而缸窑村陶产业的浴火重生，仍然要靠缸窑村农民的努力。

三、跳出"红线"天地宽

溪华村规划和缸窑村规划有一个共同的特点，就是它们都跳出建设用地"红线"的束缚，把自己从"红线"思维定势中解放了出来。

与溪华村不同的是，缸窑村的"跳出"更为彻底：它不仅跳出了切割、围困村庄空间和物质资源的红线，同时也跳过了横亘在村庄物质资源与历史文化资源之间的红线，透过物质层面，深入挖掘村庄建筑、空间和田野山水中所蕴含、所承载的历史文化内涵，由此得到对于村庄价值的科学认知与评价，为编制保护与发展规划提供了有力的支撑。

对于缸窑村制陶业的研究与陈述，缸窑村规划不是止步于眼前的古老龙窑，而是将研究推向了1万年以前的上山文化时期，生动地讲述了义乌制陶业的发展史，回顾了缸窑村的村庄史，由缸窑村的"因业而兴"，得出村庄与产业关系的科学认识，总结出"产业的集聚，是村庄形成的前提条件；产业的发展，是村庄发展的动力和决定因素"的客观规律，为缸窑村发展以陶文化为主打品牌的旅游业提供了令人信服的、扎实的依据和丰富的材料。

对于缸窑村的产业链，缸窑村规划不是泛泛而谈、一笔带过，而是对其深入研究，从产业与资源的关系、产业与村庄的关系、产业与人的关系和产业与历史文化的关系等多个角度考察，得出"多条产业链融合发展，是中国农民、中国村庄的伟大发明，是中国人生存、发展的大智慧"的结论，将其列为缸窑村优秀的文化传统。

思想大解放之下对于历史文化的深入研究，为缸窑村规划赋予了丰富的文化内涵、生命的活力和顺畅的逻辑。缸窑村规划不再仅仅是数据、技术语言和图纸的堆砌，规划成果变得生动迷人，容易为老百姓所理解、接受。这一规划的实施，取得了很好的效果。今天，缸窑村已经是义乌十分火爆的乡村文化旅游目的地。

第四章 模式调整

实践是检验真理的唯一标准。村庄建设模式,必须在实践中接受检验,必须接受农民的检验。只有农民真正喜欢的建设模式,才能推行开来,落到实处。

村庄建设模式必须在实践中不断调整、优化。改革开放,经济社会发展、农民的发展和农村产业的发展,都会对利益格局和农民意愿产生影响,都会对村庄建设模式提出调整、创新的要求。

第一节 "异地奔小康"模式

2001年,义乌出台《关于开发山区移民安居社区加快山区劳动力转移的通知》(以下简称《通知》),义乌新时期村庄建设的第三种模式——"异地奔小康"模式由此发端。

从上述《通知》的标题看,"开发山区移民安居社区"是手段,"加快山区劳动力转移"是目的。"异地奔小康"模式的要点和主要内容就是在山下开发建设移民安居社区,将偏远山区村庄拆除,将其村民安置于移民安居社区,同步实现山区村庄劳动力的转移。

义乌农村劳动力(包括山区村庄劳动力)向城市转移的高潮始于20世纪80年代中后期,其动力来自农村的兴商热潮和工业化高潮。

1982年,义乌开放了小商品市场,市场设在县城,共设有简易摊位705个,市场中的经营户95%以上来自农村。这些农村商人,早晨从乡下运货进入市场交易,傍晚离场回村,即"入市而不进城"。随着主城区市场的快速发展和经商户们经营规模的快速扩大,越来越多的商户离开农村的家,在城市中长期定居下来。2001年,义乌小商品市场的商(摊)位数达到3.45万个,年成交额达到211.97亿元,分别是1983年的32.86倍和1 467.94倍。

1978年前后,义乌农村中开始出现"地下工厂"。1982年,政府开放小商品市场,随后提出"兴商建市"发展战略,引动了农村工业化高潮,农民纷纷办厂。《义乌县志》提供的数据显示:1984年,全县共有各类商品生产专业村130多个,从事小商品生产的家庭工厂12 000多户,从业人员33 000余人。从1994年开始,在政府"以商促工、贸工联动"政策的引导下,义乌农村的经商户纷纷开办自己的工厂,农村空间的工厂纷纷向城镇工业园区集聚。2001年，义乌工业企业单位达到10 508家，全市工业总产值达到285.3亿元，分别是1983年的29.68倍和142.65倍。

商业和工业由农村空间向城市转移、集聚，农村经商能人、能工巧匠、工商业从业人员由农村向城市转移，推动城市快速发展。2000年，义乌主城区建成区面积达到26.7平方千米，人口达到36.3万人，分别是1984年的9.43倍和10.37倍。

2001年，义乌第五代小商品市场——国际商贸城破土动工，根据规划，国际商贸城一期和二期工程完工交付使用后，共可容纳13 856个商位。按照每个商位2.5名从业者计算，约需增加34 640人——城市的发展、城市产业的发展需要不断地、大量地增加劳动力。2001年义乌出台的《通知》从一个侧面反映了城市对于劳动力的急迫需求。

《通知》规定：山区移民安居社区移民安置以"垂直房"（即旧村改造中所采用的一户一梯多户连体的多层建筑形式）为主，下山农民在山区的旧房可以保留30年。

2003年，根据《义乌市城乡一体化行动纲要》，义乌出台了《关于加快实施"异地奔小康"工程若干意见》。同年编制的《义乌市城乡一体化社区布局规划》，将46个行政村和8个自然村（共涉及人口12 441人）列为"异地奔小康"对象村。"异地奔小康"政策较2001年有了较大的变化，规定移民安置以"水平房"和公寓房为主，"垂直房"比例控制在30%以内；对于山区旧房，要求在新房动工建设后一年内拆除。

山区村庄，特别是偏远山区的村庄，一般都比较闭塞、贫穷。从增加农民收入、改善农民生活条件的角度看，将偏远山村整体搬迁下山的"异地奔小康"建设模式，是一件大好事。然而，让人始料不及的是，"异地奔小康"建设模式并未能得到农民的热烈响应，工程的推进速度始终不能令人满意，到2008年，大陈、佛堂、上溪、赤岸、苏溪5个镇分别实施了三期"异地奔小康"工程，仅有8个村完成整体拆除，3 000多名山区农民搬入安置小区，完成退宅还林或还田复垦面积274.7亩。

在实施过程中，"异地奔小康"工作出现了较为普遍的"夹生饭"现象。虽然政策要求"异地奔小康"实施村必须有80%以上的农户实现搬迁，但多数村庄远未达到这样理想的"整体"搬迁效果，由此导致搬迁后宅基地无法整体复垦或开发利用，已下山村民回流和未搬迁村民违章搭建的情况时有发生。

2009年8月，《义乌市"宅基地换住房、异地奔小康"工程实施办法》出台。文件提出，"为改善山区群众的居住条件，吸引山区人口向城镇集聚，促进山区劳动力向二、三产业转移……对地处偏远、人口稀少、自然承载力弱的边缘山区村庄，根据群众意愿，实施'异地奔小康'工程"。规定"异地奔小康"移民安置以多层、高层"水平房"集中安置为主，安置"水平房"审批与旧房拆除挂钩。文件还规定了村民自愿申请、镇街审核、申请户与镇街签订协议、申请户预交订金、拆除旧房等实施程序。按照80%以上农户下山的要求，相关部门重新确定了31个行政村、9个自然村为"异地奔小康"对象村。此后，又有上溪石鼓后村5个村（其中1个行政村、4个自然村）自愿申请并经市城乡住房工作领导小组联席会议讨论同意，纳入实施范围。至此，新确定为"异地奔小康"对象村的数量达到32个行政、13个自然村（其中，地质灾害重点村4个，水源保护区村21个），共涉及5 285户、11 508人。文件提出"市政府每年专项安排一定的用地指标,力争三年时间,完成'异地奔小康'工程"。

然而,在文件出台以后几年的时间里,"异地奔小康"工程并未能如人所愿地加快推进。

第二节 农民意愿调查

2009年前后,出现了许多新情况,"异地奔小康"工程实施遇到的最突出的问题是,在列入搬迁对象的农民当中,有越来越多的人表示不愿下山;更有一些原来被列为搬迁对象的村庄,主动要求放弃"异地奔小康"。原来自愿申请下山的上溪镇石鼓后村,也出人意料地提出了取消"异地奔小康"的要求。

农民意愿的变化,引起了相关部门的高度重视。义乌市委、市政府、人大、政协相继组织力量,对"异地奔小康"工作开展了多次调研。

2009年,关于远郊区被列为"异地奔小康"对象村庄农民意愿的一项调查结果显示:在所调查的15个村庄中,有3个已经完成整体搬迁,占所调查村庄总数的20%;有1个村庄"建议取消'异地奔小康'",有11个村庄"要求取消'异地奔小康'"。要求和建议取消"异地奔小康"的12个村庄,占所调查村庄总数的80%。

2014年的一项调研结果显示:全市已与政府签订"异地奔小康"搬迁协议的户数,仅占"异地奔小康"对象户数总量的37.8%。在佛堂、上溪、赤岸、城西四个镇(街道)已部分签订搬迁协议的29个"异地奔小康"对象村中,签订协议户数占全村总户数比例达80%以上的只有8个村(其中5个行政村、3个自然村),仅占村庄总数的27.6%;签订协议户数占全村总户数比例为80%—50%的有12个村,占比为41.4%;签订率50%以下的有9个村,占比31.0%,其中,佛堂石门坑行政村的签订率为0%。

将佛堂镇、上溪镇、赤岸镇和城西街道的共20个"异地奔小康"对象村的两次调研结果进行对比,可以发现,在这20个村庄中,2014年调研时"已签订协议并交纳订金"的户数低于2009年群众意愿调研时"要求搬迁"户数的有15个村,占75%;高于2009年群众意愿调研时"要求搬迁"户数的有4个村,占20%;户数相同的有1个村(赤岸镇慈溪村),占5%。在上述20个村庄中,"已签订协议并交纳订金"的户数占村庄总户数的比率达到80%以上的村庄只有3个,占村庄总数的15%;这一比率低于50%的村庄有9个,占村庄总数的45%,其中佛堂镇的4个村庄,"已签订协议并交纳订金"的户数均为0户(表4-1)。

表4-1 群众意愿调研统计表

	村民户数(户)	2009年群众意愿调研时"要求搬迁"户数(户)	2014年调研"已签订协议并交纳订金"户数(户)	"已签订协议并交纳订金"户数在村庄户数中占比(%)
佛堂镇				
石门坑	83	29	0	0.0
上陈	210	72	0	0.0

续表 4-1

	村民户数（户）	2009年群众意愿调研时"要求搬迁"户数（户）	2014年调研"已签订协议并交纳订金"户数（户）	"已签订协议并交纳订金"户数在村庄户数中占比（%）
画坞坑摇石里	39	6	0	0.0
寺口竹坑	38	27	0	0.0
上溪镇				
冷坞坪	58	46	32	55.2
五坪山	44	36	21	47.7
里美山	204	180	126	61.8
马岭	186	164	52	28.0
上山	113	94	50	44.2
楼角	116	94	1	0.9
赤岸镇				
井潭	80	80	76	95.0
晓峰	173	160	158	91.3
杨盆	146	101	96	65.8
慈溪	296	97	97	32.8
古寺	54	48	38	70.4
城西街道				
上杨	28	27	26	92.9
鲤鱼山	438	267	300	68.5
水涧	219	88	115	52.5
里京	82	35	50	61.0
深塘坞	95	35	58	61.1

一个普遍的现象是，同一个村庄的居民，对于是否搬迁下山，意愿存在较大分歧；与2009年相比，2014年村民搬迁下山的意愿明显减弱。

第三节 山区村庄的优势与问题

2015年，相关方面组织了一次对于"异地奔小康"建设模式的调研，调研对象是被列为或曾经被列为"异地奔小康"对象村的几个村庄，包括廿三里街道的下店村和里外屠村、上溪镇的贝家村和石鼓后村、大陈镇的大畈村和北山村以及佛堂镇的石门坑村。

地处偏远，是划定"异地奔小康"对象村的重要标准。然而，偏远与否是相对的。交通条件的改善，正在不断地缩小着空间距离，也在改变着"偏远"这个词的含义。自2003

年以来,义乌大力推动城乡一体化进程,已经实现了村村通公路、村村通公共汽车,而且,无论城乡、无论乘车距离远近,票价一律1.5元。原来意义上的"偏远",在很大程度上已经不复存在了。这一次的"异地奔小康"建设模式调研,无论到哪一个村庄,调研组成员都是坐着汽车进村,即使是从中心城区到最远的山村,行程也不超过1个小时。

此次考察所获得的认识,大体可以归纳为三个方面,即资源丰富是山区村庄的巨大优势;"银发社会"是山区村庄共同的问题;三次产业融合发展是山区村庄发展的必由之路。

一、资源丰富是山区村庄的巨大优势

立足山间环境,资源丰富多样是山区村庄共同的优势。

1. 山林资源丰富多样

此次考察的几个村庄,贝家村建于谷底,石鼓后村、北山村建于半山,大畈村位于山顶浅丘区,石门坑村则三面环山,另一面面对平坦、开阔的谷口。群山连绵起伏,为这些村庄提供了广阔的发展空间。这一优势,是城镇和平原村庄无法与之相比的(图4-1)。

图 4-1 群山环抱中的贝家村

义乌属亚热带季风气候区,温度适宜,雨量充沛,光热水气资源充足。通过数十年坚持不懈地造林育林,义乌的森林面积由1997年的76万余亩增加到2007年的82.66万亩。同期,森林覆盖率由42.4%提高到49.8%,森林资源质量大幅提高,2007年,乔木林的单位蓄积量达到2.97立方米/亩,高于浙江全省平均水平。

义乌的森林资源,主要分布在山区。山区村庄是大自然恩赐和义乌造林育林活动的最大受益者。山区村庄周围群山苍翠,空气清新,水质清纯,物种多样。丰富的山林资源,为山区村庄的发展提供了强大的物质基础(图4-2)。

图4-2　坐拥万亩竹林的北山村

山区村庄良好的生态环境,更是城市无法与之相比的。

2. 耕地资源无污染

耕地资源无污染,是山区村庄的突出优势。石门坑村的稻田主要分布在村前平坦、开阔的谷地上,数百亩稻田连成一大片,蔚为壮观;大畈村有一部分稻田分布在村庄农居建筑的几个组团之间,融入村庄建成区空间之中,耕作半径非常小,农民迈出家门就可以进入稻田,耕作条件优越(图4-3)。

图4-3　融入民居组团之间的大畈村耕地

山区村庄"健康"的土地与山区洁净、无污染的水资源组合在一起,为生产安全、健康的农产品提供了基础性条件。在耕地与水源污染问题相当严峻而人们日益看重食品安全的今天,山区耕地资源的这一优势更加突出,且弥足珍贵。

山区耕地资源的另一大特点,是它们分布在不同的海拔高度并与山林、溪流形成了良好的组合关系。义乌山区农民,有种植高粱、玉米、黄豆、马铃薯和毛芋头等作物的传统。近年来,高山蔬菜的种植也具有了一定的规模。耕地资源的多样性,为生产多样性的作物创造了良好的条件。如果经营得法,山区土地上生产出来的农产品价格会持续走高(图4-4)。

图 4-4 红了的高粱

3. 旅游资源丰富

山区植物丰茂、空气清新,是天然氧吧。山区景观丰富多变,群山起伏,长谷幽深,竹木苍翠,野花烂漫,更有飞瀑流泉、村落农田点缀其间,构成了充满生机活力的风景画卷。这样的景观,城市所无,山区独有,天生丽质,不应埋没。

义乌山区保留着许多红色记忆,大畈村、北山村、贝家村都曾是中国共产党领导的抗日武装的根据地。1943年12月,中共金(华)萧(山)地委在大畈村成立,随后成立了金萧支队。大畈村村口建有"会师亭",亭中耸立着"金萧地委成立纪念碑"(图4-5)。

4. 历史文化底蕴丰厚

村庄是农耕文明的载体,具有重要的文化价值。

义乌历史悠久,文化底蕴丰厚。山区的许多村庄有着数百年的开发史,积累了自己的村庄文化。在石鼓后村,流传着石鼓与仙人的传说,石鼓后的村名即由此而来。许多村庄则以本村祖上的名人而自豪,将他们的故事与业绩口口相传,以此教育后辈子孙。

图 4-5 大畈村头会师亭

　　山区村庄的规划、选址、空间布局、建筑形式、建筑材料、建筑技术以及村庄的功能配置、村庄内部关系和村庄与环境的关系等方面,均遵循中华优秀传统文化"天人合一"的思想与法则,敬畏自然,顺应自然,注重村庄与环境的和谐发展;村庄建设坚持因地制宜,崇尚俭朴,对于生产与生活的关系有周到的考虑。北山村建于半山,地势较为陡峭,村庄农居采取了层层向上的布局形式;大畈村建于山顶浅丘区,为了将平地留作稻田,农居分为若干个组团建设在小山坡上,形成了稻田与农居密切契合的村庄空间形态;石鼓后村建设于半山较为平缓的台地,依此条件,村庄沿等高线展开,随山势进退,形成两三个组团。观村如读史,观村如读哲,上述山区村庄所承载着的文化内涵、村庄建设中所凝结着的科学精神、村庄建设所取得的成就,均值得我们认真学习、研究(图 4-6)。

　　5. **基础设施较为完备**

　　经过几百年特别是近几十年的开发、建设,义乌山区村庄的基础设施建设成果不断积累并与时俱进,公路、供电、供水、电视、电话都已经实现了村村通,农业生产所必需的水库、水渠等农田水利基础设施一应俱全。从基础设施建设的角度考察,今天义乌山区的村庄已经初步具备了现代化生产、生活的基本条件(图 4-7)。

　　6. **房源丰裕**

　　近 30 年来,义乌山区农民建房热情持续高涨,新房建设和旧房的改建、扩建始终

图 4-6　慈溪村石屋

图 4-7　石门坑村山溪上的水坝

是村庄生活中备受关注的大事。2000 年，义乌农村人均年末住房面积为 49.65 平方米，这一年，人均年内新建住房面积为 0.79 平方米；2008 年，义乌农村人均年末住房面积创历史新高，达到 64.23 平方米，人均年内新建住房面积达到 1.51 平方米（表 4-2）。许多农民外出经商打工的初衷，就是为了回村盖房子。经商务工的农民把在外面挣到的钱带回山村，成为山村建房新的也是最为重要的资金来源。在打工收入进入村庄建房领域的同时,城市生活方式和城市房屋的新式样也进入了山村。近年来,新建房屋全部为钢混结构的小洋楼,山村房屋的质量普遍地、大幅度地提高。这一点,从建房造价的提高和房屋的外观上都可以得到印证。据统计,2000年,义乌农村年内新建住房造价为321.47元/平方米;2008年,这个数据提高到881.03元/平方米;2011年,又提高到969.31元/平方米;2016年,农村建房造价更是达到1 639.44元/平方米。

表4-2 义乌农村人均住房与建房情况统计表

	2000年	2004年	2008年	2011年
人均年末住房面积(平方米)	49.65	56.90	64.23	56.39
人均年内新建住房面积(平方米)	0.79	0.62	1.51	1.40
年末住房价值(元/平方米)	233.78	288.00	429.04	995.54
年内新建住房造价(元/平方米)	321.47	483.87	881.03	969.31
年末人均住房价值(元)	11 606.81	16 387.20	27 557.24	56 130.50

持续数十年的建房热使义乌山村积累了大量的房源,山区村庄洋楼林立,拥有一栋甚至几栋新楼房的家庭比比皆是。

大量的优质住房沉淀了巨大的财富,是山区村庄重要的资源。

从人的本质需求的角度看,山区村庄中的住房,处于良好的生态环境和优美的景色之中,并且可以就近获得健康、安全、新鲜的农产品,与城市中的住房相比具有明显的优势(图4-8、图4-9)。

图4-8 新楼林立的贝家村

图 4-9　北山村依山势而建的新楼房

二、"银发社会"的困境

持续 30 余年的青壮年劳动力外出打工、经商,造成农村人口年龄结构严重失衡,村庄空心化、村庄人口老龄化成为普遍现象,山区村庄尤甚。

1. "银发社会"

在此次考察的几个村庄中,贝家村原有 100 户、200 余人,由于青壮年劳动力纷纷离村外出,他们还带走了自己进入学龄的孩子,村中只剩下大约 60 人,主要由老人和学龄前儿童构成。农户家中平日冷冷清清,只有过年过节才偶尔热闹一下。大畈村有 372 户、820 余人,现在常年在村中居住的仅 200—300 人,同样是以老年人为主。

其他几个村庄,情况亦大体如此。村庄空心化,人口老龄化,山区村庄已经成为"银发社会"。

人们将农村劳动力的进城就业称作城市化进程。我国的这种城市化进程,与西方、与拉丁美洲许多国家的城市化进程很不一样。在他们那里,劳动力向城镇转移一般是举家搬迁,而中国这些年城镇化的一个突出特点是农村青壮年劳动力进城而将老人、妇女和孩子留在农村。由此,造成了中国特有的留守老人、留守妇女和留守儿童问题。持续 30 余年的农村青壮年劳动力向城镇转移,留给农村的是农民家庭空心化、村庄空心化、村庄人口年龄结构失衡。

中国正在步入老龄社会,农村老龄化走在了全国老龄化的前面,农村劳动力老龄化更成为特别突出的问题。中国社会科学院人口与劳动经济研究所的一项研究结果显示:全国农村劳动力中,40 岁至 64 岁者占了将近 6 成,达到 58.9%,50 岁以上者占 29.7%,30 岁以下者仅占 23.4%。为摸清"三农"基本国情,查清"三农"新发展新变化,国务院组织开展了第三次全国农业普查,普查结果显示:2016 年,全国农业生产经营人员总数为31 422万人,其中,年龄35岁及以下的6 023万人,占19.17%;年龄在36岁至54岁之间的14 848万人,占47.25%;年龄55岁及以上的10 551万人,占33.58%。

人们担心,这样的年龄结构如果持续不变,那么,未来的中国,谁来种地?

在我们此次所考察的几个村庄中,在田地里很少能够看到青壮年人的身影。

2. 资源闲置、产业滑坡

缺少年轻人的村庄是活力缺乏的村庄。

缺少青壮年劳动力使山区村庄几乎所有的农户都无法组成有效的劳动力组合,村庄产业的发展因此受到严重的影响。大畈村的稻田虽然就在农民的家门口,但已很少有人种植水稻,村民只是在水田里种一些蔬菜自食,大米要从市场上购买。

2007年的森林资源调查结果显示:义乌有竹林面积45 128亩,其中毛竹林41 000余亩,立竹量710余万支,亩均立竹173支。义乌的毛竹林主要分布在大陈镇、赤岸镇山区,此次考察的大畈村、北山村即处于大陈镇的万亩竹海之中。

毛竹生长迅速,用途极为广泛。拥有大面积竹林、竹山,为山区村庄发展竹产业、农民发"竹财"提供了有力的资源保证。自古以来,毛竹就是义乌林业的一项重要产出,砍毛竹更是义乌山区村庄农民一项重要的收入来源。《义乌县志》提供的统计数据显示:1966年,义乌毛竹产量为11万支;1976年,达到54万支;1985年,为32.2万支;1998年,为41万支;2001年,为30万支;到了2011年,毛竹的产出量却只有1.2万支,仅为2001年产量的4%(表4-3,图4-10)。

表4-3 义乌毛竹年产量对比表

	1966年	1976年	1985年	1998年	2001年	2011年
毛竹产量(万支)	11.0	54.0	32.2	41.0	30.0	1.2

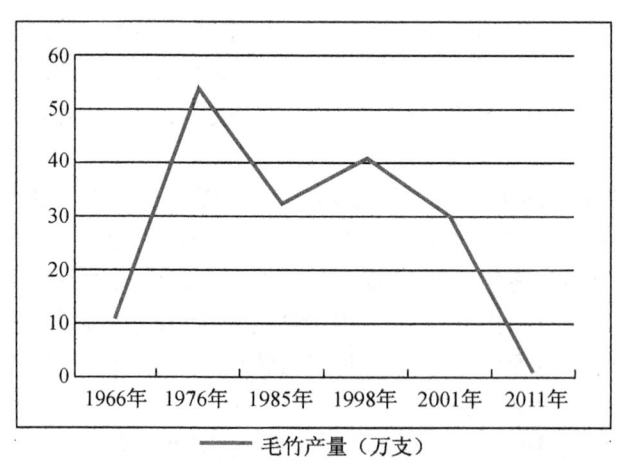

图4-10 义乌毛竹年产量对比图

以义乌全市毛竹林面积41 000余亩计,1976年,平均每亩毛竹林产出毛竹13.2支;2001年,平均每亩毛竹林产出毛竹7.3支;2011年,平均每亩毛竹林产出毛竹

0.29支,即平均3.4亩毛竹林只砍出1支毛竹。资源量与产出量形成极大反差,毛竹产业严重滑坡(图4-11)。

图4-11 北山村竹山

据大畈村村民反映,从2013年开始,大畈村已经没有人上山砍毛竹了。

农民不再上山砍毛竹,原因是多方面的:砍毛竹是个体力活儿,粗大的毛竹砍倒后,要从山上背(扛)下来,很辛苦。留守村庄的老人们,已经胜任不了这项工作。年轻人则不愿意回村来干这个活儿,因为整支的毛竹出售,市场价格很低,与进城务工或做小生意相比很不划算。

义乌林地面积是耕地面积的2倍,1997年以来,义乌的林业资源有较大幅度的增长,但林业产值在农业总产值中比重偏低的局面并没有随之而改变。据《义乌统计年鉴》的统计,2011年,林业产值在义乌农业总产值中所占比重还不到2%。

山区村庄中大量的优质住房,同样存在资源沉睡的问题。

据统计,截至2008年年末,全国农村既有居住房屋总面积为233亿平方米。是年,全国乡村人口总数为7.214亿人,人均拥有居住房屋面积为32.3平方米。这一年,义乌农村住户人均住房面积达到64.23平方米,是全国平均值的近2倍。

此后,乡村人口数量持续减少而农村建房活动持续进行,农房闲置成为越来越突出的问题。

第三次全国农业普查结果显示:2016年年末,我国99.5%的农户拥有自己的住房。其中,拥有1处住房的占87.0%,拥有2处住房的占11.6%,拥有3处及以上住房的占0.9%,拥有商品房的占8.7%;住房为砖混结构的占57.2%,钢混结构的占12.5%,砖(石)木结构的占26%,竹草土坯结构的占2.8%,其他结构的占1.5%。

义乌市第三次农业普查的数据显示:2016年年末,义乌市99.5%的农户拥有自己的住房,其中,拥有1处住房的占83.8%,拥有2处住房的占14.2%,拥有3处及以上住房的占1.5%,拥有商品房的占8.9%;农户住房为砖混结构的占42.9%,钢混结构的占33.7%,砖(石)木结构的占22.3%,其他结构的占1.1%。

房子是用来住的。拥有住房是一回事,有没有人居住、有多少人居住则是另一回事。据中国社会科学院农村发展研究所《中国农村发展报告》(2017年)提供的数据,21世纪的第一个10年,我国农村人口减少了1.33亿人,同期,农村居民点用地却增加了3 045万亩,相当于现有城镇用地总量的1/4。每年因农村人口转移而新增的农村闲置住房达到5.94亿平方米,折合市场价值约4 000亿元。

农房闲置并不是一个单纯的住房问题,与此紧密联系的,还有土地闲置和资金闲置,还有生态环境的巨大付出。

多年以来,我国的建房数量、钢材和水泥用量一直是全球第一。建房要消耗建材,建材的生产需要消耗原材料、煤、电、水,会产生机械磨损,会造成环境污染,消耗生态资源。巨大规模的资源(包括生态资源)消耗,换来的却是巨大规模的闲置,无论从哪一个角度来考察,都是十分不明智的。

农民在农村劳作、进城务工,把劳动所得用来建新房,新房建成之后,却让它闲置、沉睡,对于农民而言,这同样是难以承受之重。

义乌农户拥有2处住房、拥有3处及以上住房和拥有商品房者所占的比重,均高于全国平均水平;义乌钢混结构的农房所占比重达到38.7%,比全国平均水平(12.5%)高出26.2个百分点。在新房建设持续升温、人均住房面积持续增长的同时,山区农村的常住人口数量却在持续减少,住房闲置的情况愈演愈烈,一个或两个老人困守一栋甚至几栋楼房的现象相当普遍。

义乌山村中一栋300平方米的小楼,以2011年新建住房造价每平方米969.31元计算,农民需要投入近30万元。这笔钱,是农民多年甚至终生劳动所得,如果用于发展产业或用于子女教育都可以发挥巨大的作用,凝结在闲置的住房中却只能任凭风吹雨打、日渐消耗。

拥有丰富多样的资源却无力开发利用——丰富多样的资源与"银发社会"形成了尖锐的矛盾。

一方面是资源闲置、浪费,一方面是农民增收的迫切愿望,这个矛盾该如何破解？

如果村庄整体搬迁下山了,山里的资源又由谁来开发、利用呢？

按照相关政策,"异地奔小康"对象村的房屋要拆除、人口要下山,那么,那些具有宝贵历史文化价值的"老房子"该怎么办？那些近年新建的多层钢混结构小楼又该怎么办？

义乌农民有着勤俭节约,珍惜资源和充分开发、利用资源的优良传统。义乌声名远扬的"鸡毛换糖",就是义乌农民将三次产业融为一体、充分开发与利用资源的伟大发明。这条"鸡毛换糖"产业链,从一根甘蔗做起,经过三次产业的一个又一个环节,无数倍地提高了甘蔗的产出率。在长达几百年的时间里,通过这样的一条产业链,义乌人破解了人多地少的难题,提高了水稻的产量,为自己创造了宝贵的就业机会,为义乌培育了一代又一代经商人才。

昔日的义乌农民可以把甘蔗做成一个大产业,今天的义乌农民难道就不能把毛竹、把木材、把山区的各种资源做成一个又一个大产业吗？

调研组发现在农民的意愿与山区的资源之间,存在着密切的关系。

对于农民而言,是否搬迁下山是很大、很重要的事情,每一个人都会根据自己的情况慎重决策。

农民做决策,主要考虑两大因素:一是资源;二是自己的能力。

在与农民的交谈中,调研组了解到,那些不愿搬迁下山的农民原因是多样的。经济状况较好的农民不愿拆除自己的房子,是因为他们看好山中的生态环境,希望留作日后养生养老之地;种植业、养殖业干得顺手的农民,是因为他们不愿离开自己的产业基地。大多数农民则是由于经济能力的限制和就业的考虑。石鼓后村的一位老农民给调研组算了一笔账:搬迁下山需要拆旧房买新房,虽然政府出台了优惠政策,但安置点100平方米的高层或多层公寓房仍然需要花数十万元才能买到手,装修又要花很大一笔钱。一方面,对于财力不是那么雄厚的农民来说,筹措这么大的一笔钱并非易事。另一方面,自己在山村中的房子还可以住,如果真有几十万元,留在村子里,日子可以过得非常好了。更进一步的问题是,下山之后收入来源如何解决?留在村子里,自己有田地有山林,自己搞种养,吃饭不需要花多少钱。如果搬迁下山住进公寓楼,柴米肉蛋菜样样都得花钱买,连用水都得花钱,那么,钱从哪里来?当然只有打工。然而,他们年纪终究大了,智力、体力都无法与年轻人相比,在就业竞争中并无优势可言。一旦就业的问题解决不了,日后的生活又该怎么办?

石鼓后村这位老农民的叙述反映出农民搬迁意愿下降的多种原因,也让调研组更深刻地认识到了山区资源对于农民生存与发展的意义——农民在村庄里拥有包括耕地、山林、水面、住房等在内的多方面的生产和生活资料,这些都是他们就业、创业可以依托的优势条件。离开了村庄,他们所能够依托的就只剩下了他们的劳动力。所以,对于许多农民来说,山区资源就是他们的安身立命之本,是他们的命根子,他们与山区资源是不能分离的。

第四节 模式调整

在调研中,有关部门发现,经济增长、交通条件改善和休闲农业的发展是山村农民"异地奔小康"意愿下降的重要影响因素。

义(乌)武(义)公路等道路修通后,沿线一些"异地奔小康"对象村的交通条件大为改善,这些村庄中不愿搬迁的村民数量明显增多。

地处义乌市域边缘深山中,被列为"异地奔小康"对象村的大陈镇北山村和上溪镇贝家村、石鼓后村,近年来通过发展休闲农业迅速兴旺起来。

贝家村是上溪镇"十里桃花坞"景区中离义乌主城区最远的村庄。依托"十里桃花坞"景区,贝家村开办了近10家餐馆,乡村旅游业发展得红红火火。从春天到10月份,每天都会迎来众多观光客,尤其是桃花盛开的季节,村里村外凡是能停车的地方都会停满小汽车。

石鼓后村距离拥有国家级重点文物保护单位黄山八面厅的黄山村仅2千米。该村有两家经营旅游业的企业:一家是本村村民投资兴建的"石鼓山庄";另一家名为"黄山宾馆",是外村农民兴建并经营的。"石鼓山庄"由两栋小洋楼组成,其建筑装修与内部设施与城市中的宾馆一般无二。在"石鼓山庄",调研组见到了一位年轻的姑娘,她高中毕业后没有到外面打工,而是留在村里和父母一起经营餐馆。与父辈相比,她有她的优势:她会用手机把石鼓后村的美景发到网上去。这说明只要现代化的产业发展起来,山区同样能够吸引年轻人就业、创业(图4-12)。

图4-12 石鼓后村石鼓山庄

在这几个村庄中,北山村的旅游业发展得最红火,村中有多家旅游服务点,除义乌本地客人之外,上海、杭州的游客也时常光顾这个山村。村口的"凌英手擀面馆",以手擀面、竹笋、大锅焖土鸡等菜肴和坚持不使用味精等特点,享有很高的声誉。夏秋两季到这个村旅游,需要提前打电话预约才能定到床位。冬日,虽然是旅游淡季,在村子里依然能够看到一些年轻人在活动,他们有的是本村的旅游业经营者,有的是建房子的施工人员。北山村已经是新房林立,然而新房建设和旧房的改建、扩建仍然在热火朝天地进行着(图4-13至图4-15)。

休闲农业的发展,增强了村庄的力量。北山村、贝家村和石鼓后村,在空间上都在开拓、扩展。这种开拓与扩展,既有物质方面的,也有文化方面的。贝家村村民集资在村尾修建了一座小花园(图4-16),在村口修建一栋仿古建筑,这里原来是一座书院,将来会增添一项文化纪念的功能;该村还新修了许多山道,蜿蜒曲折地深入到四面八方的山林中去,以增强休闲农业的吸引力和接待能力。北山村竹林间的游览道修得更为漂亮大气,该村还在一座小山顶上建了一个小广场,村中的公共汽车站也极富旅游景点特色。

从位于山顶的大畈村到处于半山的北山村,直到山脚,流淌着一条清澈的山溪,山溪穿行于茂密的林间,景色十分迷人。傍着山溪修建的进山公路,连通着沿线的几个村庄。为了扶持北山等村庄的旅游业发展,从山下至北山村,规划修建了一条依山溪而行的名为"竹湾水韵"的游步道。对山溪沿线景点的开发与宣传,也已经取得了成绩,那些原来"养在深闺无人识"的瀑布、古树、巨石,现在都有了极富诗意的名字,写在

图 4-13　北山村村口的凌英手擀面馆

图 4-14　座无虚席的凌英手擀面馆

图 4-15 北山竹笋
注：旅游业火了，北山竹笋也火了。

图 4-16 贝家村新建的小花园

游览标识牌上以吸引游人前往（图 4-17 至图 4-20）。

休闲农业的发展对山区村庄产生了深刻的影响，村庄里的房子更漂亮了，村子里和农居中的设施现代化了，村庄干净了，村庄与城镇的联系密切了，村民的生活方式也在发生深刻的变化。村庄对周边资源开发、利用的能力在不断增强，农民正在开发自

图 4-17 北山村新建的竹林小道

图 4-18 北山村新建的小广场

图 4-19 北山村极富旅游景点特色的公共汽车站

图 4-20 北山村公路沿线旅游景点标识牌

己的潜能、挖掘村庄的潜能,正在将山区的资源从沉睡中唤醒,村庄正在以前所未有的力度和广度,通过多种手段和形式向周围扩展。

对于贝家村和北山村这样的村庄而言,"异地奔小康"的路径设计对它们显然是不适用的。

还有一件事情更发人深省:佛堂镇小官余村位于义乌与金华交界的山间,距离义乌主城区约30千米。作为第一批确定的"异地奔小康"村,该村较早实现了整体搬迁。村民全部搬迁下山后,村庄空寂,田地荒芜,资源沉睡。2008年,39岁的退伍军人赵虎城来到被废弃的小官余村,承包了村庄闲置的100多亩地,开始创业。他种果树、养鸡、养羊、养鱼,办起了生态农场。山里寂寞难耐,他的同伴坚持不住,下山了,请来的工人也干不了几天就离开。日复一日,赵虎城孤身一人坚守山村。投资农业风险大、回报周期长。2009年,上山的第二年春天,他养的羊啃掉了他种的果树;2010年春节前夕,他养的鸡眼看就可以卖钱了,却被突然袭来的一场严寒冻死了200多只。在他最困难的时候,小官余村的乡亲们上山来看他,并且为他的土鸡蛋做义务宣传,帮助他把鸡蛋很快卖了出去。几年下来,赵虎城亏损了几十万元,花光了他打工多年的积蓄,还欠了一屁股的债。家人、朋友都劝他下山另谋出路,他却执意不肯,始终坚守在山间。2014年,他迎来了收支平衡、略有盈余的转折点。经《义乌商报》等多家媒体的宣传,他和他的农场知名度越来越高,进山来购买生态农产品和游览观光的人多了起来。一位湖南籍打工青年,也留在山上与他为伴。赵虎城开始经营农家乐,把他种的菜、养的鸡变成菜肴。

在这个故事里,小官余村乡亲们的举动发人深省:他们在下山之后仍然眷恋着自己昔日的家园,不愿意看到它湮没在荒草之间。他们在赵虎城最困难的时候伸出援手,反映的正是他们复兴故土的心愿。

赵虎城的孤军奋战可叹可敬。正是由于他的坚守,小官余村被荒废了的耕地上重新生长起了农作物;正是由于他的坚守,小官余村良好的生态环境中产出了市场需求旺盛的土鸡蛋;也正是由于他的坚守,被遗弃的小官余村这个地方重新得到社会关注,并且很有希望发展成为一个具有吸引力的休闲旅游景点。

为什么公路修通了、交通条件改善了,农民的意愿便随之发生巨大变化?为什么乡村旅游业的发展能够使昔日萧条的山村变成红红火火的旅游景点?

答案很简单:山区村庄贫困的直接原因是农民能力不强,农民能力不强又导致了山区丰富资源的闲置或低水平、不充分开发。公路通村增强了农民开发资源、利用资源的能力,乡村旅游业的发展让农民找到了山区发展产业的新路子、新方法。力量得到增强的农民,找到了新的发展路径的农民,意愿自然会发生变化。

2014年,政府相关部门一份关于"异地奔小康"工作的调研报告写道:"随着异地奔小康工程工作的推进,一些较有开发价值的原始村落将面临被拆的处境。例如赤岸(镇)杨盆、晓峰和上溪(镇)里美山等村现仍保留了较为完整的连片土坯、石头房,村内道路也保持着原有的土路,这些原生态的山区村落在我市已不多见,但由于这些村被列入农村土地综合整治和'异地奔小康'项目,要求拆旧复垦,如按原计划实施势必对这些具有旅游开发价值的资源造成无法挽回的破坏。"这份报告还指出,"独特的区位资源使得一些具有一定海拔高度山区村在发展高山农业、山林经济等方面有着得天独厚的优势"。据此，这份报告提出了对于山区村庄采取"因地制宜，合理利用资源，推进乡村旅游发展"的政策建议。

从只看到偏远山区闭塞、贫困的劣势到肯定山区的资源优势并提出相应的发展对策，这是一个具有战略意义的转变。

对于山区村庄采取"因地制宜，合理利用资源推进乡村旅游发展"的政策，意味着对于"异域地奔小康"建设模式的重大调整。许多原来被列为"异地奔小康"对象村的山区村庄，退出了"异地奔小康"工程。这些村庄的农民，现在最关心的是如何利用村里的老房子和山野的资源发展旅游业。

村庄建设是农民的事，是为农民的事，必须坚持"从群众中来，到群众中去"，反复征求农民的意见，尊重农民的意愿。唯其如此，才能把为农民的事办得让农民满意、顺心。在义乌"异地奔小康"村庄建设模式的重大调整中，起决定性作用的是农民的意愿。政府尊重农民意愿，根据农民意愿和村庄实际对政策进行调整，由此开创了义乌山区村庄建设和经济社会发展的全新的局面。

我国未来的发展，在很大程度上取决于我们能否管好、用好我们的资源。资源可以分为两大类：一为人力资源；二为物质资源。管好、用好资源最为重要的工作之一是实现资源的优化配置，优化配置资源最根本的办法是统筹。我们常说的统筹城乡发展，首先必须做好的事情就是统筹城乡资源配置，优化城乡资源配置。我国长期存在的城乡发展失衡的问题，根源之一就是城乡资源配置失衡，资源要素无序地向城市集聚，农村资源要素（包括人才、资金、科技、社会服务等等）短缺。在这一问题上，山区村庄尤甚。

人是决定性的资源，是决定物质资源的资源，是开发、利用物质资源的能动主体。资源优化配置的关键，在于实现人与物质资源的合理配置。今天，在我国发展不充分、不平衡的基本矛盾中，山区发展的不充分与相对滞后是一个突出的问题。山区发展不充分，并不是因为山区物质资源匮乏，而是人力资源配置不足。

我国是一个多山的国度，山地面积为陆域国土面积的 65%，山区县（含丘陵县）总数达 1 651 个，占全国县级行政单位总数的 57.93%，其面积占我国陆地国土面积的 72%。浙江多山，山地丘陵面积占省域陆地面积的 70.4%；四川、云南两省多山，山地丘陵面积比例高达 95% 左右。

我国山区人口众多，全国人口总数的一半左右居住、生活在山区。脱贫攻坚是一场事关全局的硬仗，而占全国贫困人口总数 90% 的贫困人口分布在山区，所以，山区是脱贫攻坚的主战场。

我国山区资源丰富多样，且不说山区蕴藏着丰富的矿产资源，仅就耕地资源而论，我国平原地区的耕地数量仅占耕地资源总量的 12%，分布在丘陵山区的耕地比例则高达 69%。

千百年来，我们中国人秉承天人合一的理念，与山沟通、与山合作，积累了在山地环境中与自然进行能量转换的丰富经验，世世代代呕心沥血、辛勤劳作，创建了无数山城、山村，创造了灿烂的山地文化、农耕文明。我国南方山区的梯田，依山开辟，依林得水,直上云天。它产出丰饶,景观壮美,是我国农民秉承"天人合一"的理念,在与自然和谐共生中创造的宝贵资源。在这些梯田里,不但生长着水稻,还产出鲜鱼、鲜虾和鸭子。即使是在今天高度现代化的条件下,依赖梯田的产出而生存、发展的中国人,仍多达数亿之众。试问,我们能够因为追求城市的繁华而舍弃我们的梯田吗?如果舍弃它,我们又到哪里去找足够的耕地来替代?如果舍弃它,我们又到哪里去寻找迷人的梯田美景?

今天,在贵州、广西等地严重石漠化的喀斯特地貌地区,农民在石缝里种花椒、种牧草、种火龙果、种科学家在太空中育出的枸树苗,让贫困千年的大石山区开出了富裕之花。如果人们都从石漠化地区撤出来,都挤到繁华的城市中去,那么,谁来开发石漠化地区的资源?谁来利用那里的阳光和雨露?如果没有人坚守在石漠化地区并用智慧和辛勤的劳动来改造它,繁华城市的生态环境腹地只会一天天萎缩。

山村是山区空间人与产业集聚的节点。从振兴乡村、振兴山区的角度看,山区村庄是开发、利用山区资源的"工厂"和前进基地。增强山区村庄的能力,科学合理地布局、建设山区村庄,对于山区资源的开发、利用具有决定性的意义。我们现在应该做的,不是因为山区村庄闭塞、贫困、落后就拆除它、放弃它。我们必须意识到,放弃山区村庄,就是放弃了那里的资源。我们应该做的是增强山区村庄的力量,把公路修进去、把市场搬进去、把科技送进去、把"第一书记"和"大学生村官"派进去、引导农民工等人员飞回去,把村庄的内生动力调动起来,把村庄的产业发展起来——我们这样做了,山区村庄的闭塞、贫困就将为之一扫,财富的大河就将像长江、黄河从大山中流出一样,从我们的山区奔涌而出。

当发现"异地奔小康"模式与农民的意愿存在矛盾的时候,义乌城乡建设的决策者不是指责农民落后、不听话,不是固执己见地强力推进"异地奔小康",而是深入调研、虚心听取农民意见,客观分析农民意愿,根据不断发展的形势对"异地奔小康"模式进行了重大调整。这是特别难能可贵的。

以人为本的科学发展观已经写进了中国共产党的党章,写进了《中华人民共和国宪法》,与村庄建设关系最密切的人就是农民,一切村庄建设事务,包括村庄建设模式都必须尊重农民的意愿、为农民谋利益,这是最高原则。

第五章　村庄群

村庄从来就不是静止的存在,它永远处于变化之中。

产业是立村之基,业兴而人聚,人聚而村生。

产业是村庄的活力之源,产业的发展决定着村庄的兴衰——业强则村旺,业衰则村亡。

产业和产业的发展水平对于村庄的物质空间建设、对于村庄的物质空间形态具有决定和制约作用,有什么样的产业,就有什么样的村庄。

产业和产业的发展水平对于村庄的生活方式具有决定和制约作用,有什么样的产业,就有什么样的村庄生活方式。

产业变则村庄变。

同样的,与村庄密切相关的人、天、文化、城市等要素的变化,也会使村庄、村庄建设方式发生相应的变化。

当社会发生深刻变革、历史加速前进、产业升级转型的时候,村庄的物质空间建设、物质空间形态和生活方式以及村庄的规模、村庄经济的运行方式、村庄的内部关系及其与外部的联系方式都会发生变化。

改革开放 40 多年,我国由一个农业大国转型为工业大国,农村工业获得巨大发展,农村工业产值已经据有全国工业产值的"半壁河山";进入 21 世纪以来,我国农业进入前所未有的"黄金发展期",现代化步伐加速,农村三次产业的融合发展突飞猛进,农业服务业、农产品加工业、乡村旅游与休闲农业、农村电子商务业、农村文化产业千帆竞发——所有的这一切变化,都汇聚到村庄这个农村空间人与产业集聚的节点,都在村庄这个节点上发生,由此,推动了我国村庄全方位的深刻变化。

就村庄建设方式而论,以家庭联产承包责任制为代表的农村改革,推动了农村产业的大发展,为我国村庄建设方式由农民各自建房向以村为单位的统一规划的整村建设转型提供了动力。

近 20 年来,以村为单位的统一规划的整村建设方式在探索、创新中前行,它从传统的农户各自建房方式中吸收了营养,也吸收了许多外来的东西,形成了若干种建设模式,比如义乌的旧村改造模式、村庄整治模式、"异地奔小康"模式等。这些模式在实践中接受检验,在农村产业发展和城乡关系变化中不断调整、创新,而农村产业的发展,城乡关系的变化,已经在呼唤、催生新的村庄形态、村庄建设方式的诞生。

那么,在可以预见的未来,农村产业的发展,需要什么样的村庄形态和村庄建设方式与之相适应?中国的村庄将会发生什么样的变化?

第一节　一个旅游精品线路规划引发的思考

从21世纪初至今,义乌乡村旅游业经历了大办"农家乐"—规划建设旅游业发展重点村(如缸窑村)—规划建设乡村旅游精品线路等几个发展阶段。这实际上是一个乡村旅游业由小规模的分散经营向适度规模的集中经营转型升级的过程。分散经营的"农家乐"无法解决自身"规模小、分布散、档次低"的问题,旅游业发展重点村和乡村旅游精品线路便应运而生。

如果分散经营的小规模"农家乐"对于村庄、村庄建设、村庄运行方式很难产生根本性影响,那么旅游发展重点村建设,特别是乡村旅游精品线路建设,对于村庄所产生的影响则是十分深刻的。这不仅仅是因为上述两种建设活动在很短的时间里实施了力度很大的物质空间建设工程,更是由于它们深刻地改变了村庄的产业结构,使乡村旅游业这一新兴产业成为重点村或精品线路沿线村落的主导产业。

主导产业发生变化,村民的思维方式、生产经营内容与方式、收入来源、生活起居、技能训练等等都会随之改变,村庄物质空间这个"容器"自然也会发生改变。

2013年编制的《义亭十里红糖飘香乡村精品线路规划》(以下简称《规划》),是义乌同时编制的若干个乡村旅游精品线路规划中的一个。

《规划》中的规划区域位于义乌市义亭镇南部,吴畈公路大楼村至畈田朱村沿路两侧和航慈溪两侧。规划范围包括吴畈公路约5千米沿线义亭镇的西楼、大楼、早溪塘、先田、下店、下滕、畈田朱等七八个村庄,涉及人口(户籍人口)5 700人。规划区域面积约为3.75平方千米(图5-1)。

《规划》的总体思路是,以浙江省委、省政府全面开展美丽乡村建设工作的部署为契机,以《义乌市美丽乡村建设总体规划》为上位规划,按照义乌市"建设宜商宜游宜居国际商贸名城"的要求,统筹城乡发展,依托该规划区域红糖产业优势与资源优势,打造以义亭红糖产业为支撑的、具有"乡土性、文化性、生态性、体验性"特色的乡村文化旅游精品线路。

值得注意的是,规划师在编制《规划》时,并没有像通常规划一般"旅游线路"那样只是考虑为旅客安排顺畅有趣的旅游行程路线,而是将关注的目光投向整个规划区域,对区域内的产业发展进行了深入研究,并在此基础上确立了以红糖产业发展带动规划区物质空间建设发展从而提升本区域吸引力的思路。

《规划》将规划范围划分为五个功能区,即红糖精品文化交流区、原乡文化体验区、红糖传统文化交流区、健康养生休闲区、农野景观公园区。五个功能区连接成"十里原乡生态幸福廊";依托义乌江支流、义亭镇母亲河——航慈溪两侧数千亩甘蔗林形成的青纱帐,打造甘蔗林景观带;依托规模化的、连片大面积的农作物种植(甘蔗、水稻、葡萄、紫云英等)建设农野生态公园、摄影基地(图5-2至图5-4)。

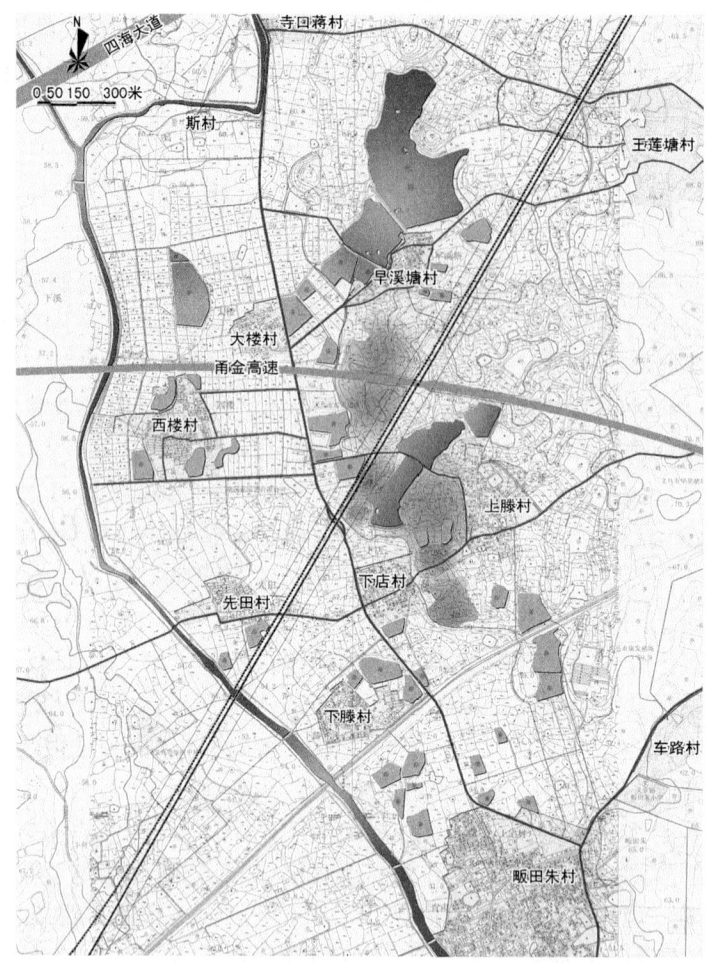

图 5-1 义亭十里红糖飘香乡村旅游精品线路规划范围

图 5-2 义亭田园风光

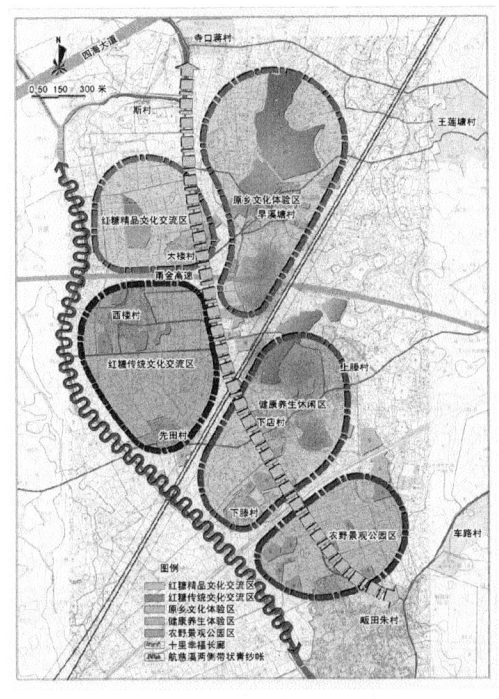 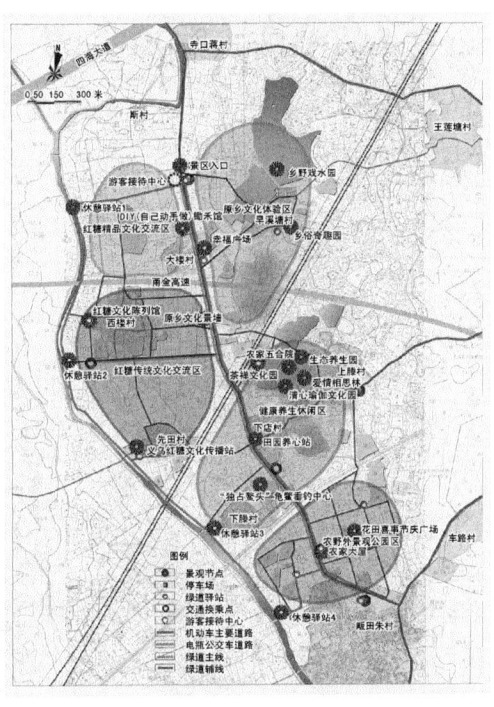

图 5-3 《义亭十里红糖飘香乡村精品线路规划》结构图

图 5-4 《义亭十里红糖飘香乡村精品线路规划》总平面图

以产业发展带动空间发展的指导思想贯穿于《规划》的始终：各功能区项目选择与建设指导、道路交通规划、旅游服务设施规划、旅游产品设计与产品营销、视觉形象设计、人居环境建设规划、环境保护与生态建设规划等章节，均围绕这一思路展开。《规划》尊重、依托村庄产业发展既有成果，借旅游精品线路规划的机遇，推动旅游业与村庄原有产业互相融合、共同提升，着力打造一个以红糖产业链为依托的乡村旅游基地。

规划师将红糖精品文化交流区中的红糖精品文化一条街布置在大楼村，结合大楼村东区块的住宅建设，按照下商上居的使用方式打造一条红糖商业街，沿街开设红糖工坊、喜庆糖坊、手工体验糖坊、红糖养生坊等红糖深加工和衍生产品的商业店铺。对于这条特色商业街中经营的商品乃至商品的包装，规划师都进行了深入的思考，做出了相应的设计（图5-5）。

在义乌市政府的扶持下，义亭镇红糖节已经连续举办多年，红糖节的主会场一直设在西楼村，西楼村也因此而声名远播。据此，《规划》将红糖传统文化交流区设置在该村，依托该村的传统红糖生产工艺、产品以及红糖节主会场和红糖商业与文化活动，通过深入挖掘传统红糖产品和红糖产业的文化内涵，集中打造红糖传统文化展示交流平台。规划在西楼村设置红糖传统文化交流广场（红糖节主会场）、红糖传统文化展示馆、"月上西楼"水景广场、红糖文化景墙和"鲜甜"特色厨房。依据上述功能需求，建设相应的场地、设施。如在红糖节主会场入口处的吴畈公路旁，规划建设红糖文化主题广场，广场上设置红糖文化雕塑墙等。

图 5-5 红糖精品文化一条街规划效果图

依托早溪塘村现有相关设施与旅游项目,《规划》在该村布置原乡文化体验区。

依托下滕村已经具有一定规模的龟鳖养殖业,《规划》在该村布置"独占鳌头"龟鳖垂钓中心,内设观赏区、龟鳖垂钓区、就餐娱乐区,将农业生产与旅游业的发展紧密地"捆绑"在一起,促进其良性互动、融合发展。

关于规划区域内的村庄人居环境建设,《规划》提出,"要突出和谐居住的思路。要站在农村自然和文化发展脉络的角度,尊重各村庄自身实际和特点,整体协调农村区域的土地利用、生态群落、农业生产系统和技术经济能力,合理布置村庄内外道路交通、公共活动空间组织、塘库水系和绿化景观体系、基础设施连接配置等。强化对自然生态地带、人文历史建筑古迹的保护,并使之与新村建设相融合,成为新社区的有机组成部分"。

《规划》尊重村庄发展的历史,尊重自然,尊重农民的意愿,强调从村庄和农民的实际能力出发发展产业、建设村庄。在这样的规划指导下,村庄建设将会以渐进的方式前行,而不是大拆大建,避免盲目追求在短期内实现村庄面貌"焕然一新"。

《规划》和缸窑村规划有许多共同之处,从中我们可以得到这样的启示:乡村旅游业发展的关键,在于农村产业、农村经济发展,在于农民要在自己的村庄里把自己天人合一的日子过好。产业发展了,农民的日子过好了,就会吸引人们来体验。所以,发展乡村旅游业,要在发展农村经济、加快农业现代化、增加农民收入、保护生态环境、保护各类资源、加强生态文明建设上下功夫,这是根本。

第二节 产业带与村庄群

《规划》中的规划区域,是义乌著名的红糖产业基地。从产业结构上看,该基地有一条历史悠久的包括甘蔗种植、加工和红糖产品销售在内的全产业链;从空间上看,该基地是一个具有相当规模的甘蔗产业带。

在这个甘蔗产业带中,分布着若干个村庄。这些村庄,是产业带中的生产、经营基地和居民点。

产业带或产业板块的发展,是现代化农业发展的必然要求与重要特征。关于农业产业带,相关的研究主要集中于产业带的区域环境、自然条件、资源禀赋、种植作物、相关技术、生产经营等问题,那么,在中国,在产业带空间区域内存在若干个村庄的情况下,这些村庄会因为产业带的发展而发生什么变化?

一、村庄群——产业带空间中的新型经济文化共同体

几百年来,《规划》中规划区域内的各个村庄均以红糖产业为主导产业,乡村旅游业的发展使这些村庄又多了一项共同的主导产业——乡村旅游业。

由于新兴产业——乡村旅游业的加入,《规划》中的规划区域形成了旅游线路、旅游景区与红糖产业带的重合,形成了红糖产业与旅游产业的融合。

作为一项枢纽产业,乡村旅游业既有连接三次产业、推动相关产业发展与提升的作用,它本身的发展又需要相关产业的支撑与协调发展——乡村旅游业带动了民宿业的发展,推动了第一产业根据市场需求转型升级,带火了乡村文化产业。乡村旅游业又离不开农产品直销,离不开乡村的绿水青山。据统计,在我国乡村旅游业的总收入中,农产品直销收入所占的比例达到了一半以上。随着人们生态文明意识的日益增强,有机农产品成为乡村旅游业越来越具有吸引力的旅游商品。种植业、养殖业支撑乡村旅游业,乡村旅游业带动种植业、养殖业等产业发展,农村三次产业的互动与融合将不断得到提升与深化。

农民,是农村、农业产业带生产经营的主体。

实施家庭联产承包责任制以来,我国数亿农户普遍恢复了以户为单位的生产经营方式。在农户各自经营的发展方式之下,一个村庄就是一个相对独立、相对封闭的经济体,村与村的边界划定了各个村庄的"领土",村庄只能在自己"领土"范围内利用自己的资源开展生产经营活动,同一区域内相邻的各个村庄只是在空间上彼此邻近而已,彼此之间虽然"鸡犬相闻",却极少合作。

在《规划》中所规划区域内的各个村庄,农民经营红糖产业的方式是以户为单位各自经营——各家甘蔗自己种、自己加工、自己卖。同一村庄的农户之间没有多少合作,村庄之间更缺乏合作。这一点在空间上、在村庄建设上都可以看得出来:区域内的甘蔗种植东一块西一片,规模都不大,小片的甘蔗林不足1亩,几亩地规模的最为常见;区域内的各个村庄都建有自己的糖厂,规模也都很小。这些糖厂只是为满足本村农民

加工甘蔗的需要而建,糖厂的烟囱只在每年的榨季才会冒烟(图5-6)。

图 5-6　西楼村糖厂

注:这样的小糖厂,规划区域内每个村都有一家。

组织化程度低,资源高度分散、破碎化,是传统农业、农村发展缓慢和农民增收难的重要原因。

农村改革、农业的现代化,必然使我国农村经济运行方式产生质的变化,必然深刻地改变传统村落之间的关系,村庄之间的合作将越来越紧密。《规划》抓住了规划区域内相关村庄主导产业相同的特点,通过建立和增强相关村庄之间的分工、合作关系,推动旅游线路和红糖产业带的发展。《规划》因地制宜,充分调动各个村庄的资源优势,在区域内村庄产业发展的基础上,规划在近年来红糖节主会场所在地的西楼村设置红糖传统文化交流广场和"月上西楼"水景广场;规划将红糖精品一条街设置在甬金高速公路与吴畈公路相交处的大楼村。《规划》的实施,必然使区域内各个村庄的相关资源向这两个点集聚。比如,在大楼村红糖精品一条街上建房(或租房)经营红糖产品的将来一定不只是大楼村的农民,区域内各个村庄,甚至外部的经营主体,都会进驻这条商业街。区域内其他的村庄也可以发挥自己的优势,吸引相关资源要素向自己集聚。比如畈田朱村,昔日为义西重镇、乡政府所在地,有保存完好的老商业街,有多处价值很高的传统民居,这些都是其吸引游客的优势条件,它有可能发展成为区域内的游客集散中心和重要景点(图5-7)。

随着规划的实施,规划区域内的村庄将逐步形成联系日益紧密的经济文化共同体。这样的经济文化共同体,是比传统村庄要大得多的经济社会单元,由于分工合作,充分发挥各自优势,形成了合力,必然产生1加1大于2的效应,其所释放的能量、所产生的效益,要远远超过村庄数量与相关数据的简单相加。

那么,应该怎么称呼这样的经济文化共同体呢?借用城市群的概念,我们在这里提出村庄群的概念。

村庄群,应该由互相邻近的若干个村庄组成。村庄群不只是一个地域的、空间的概念,它同时也是经济的、文化的、社会的概念。

图 5-7　建于明嘉靖三十四年(1555 年)的航慈溪桥

我们设想,村庄群必须满足以下几个方面的要求:
(1) 相关的村庄必须处于同一区域并且互相邻近;
(2) 它们有相同的主导产业,并形成产业带或产业板块;
(3) 村庄群内部的村庄在产业和生产经营上形成了较为紧密的合作与分工;
(4) 它们在发展中逐步形成自己的经济中心。

在我国农村改革不断走向深入,"三农"事业获得持续发展,美丽乡村建设取得巨大成就的历史条件下,村庄群这样的新生事物已经在许多地方出现并引起各方高度关注。江苏省江阴市华西村,1961 年组建时村域面积仅为 0.96 平方千米,人口为 667 人,是著名的穷村。改革开放以来,华西村党组织团结全村群众,坚持发展集体经济,坚持多种经营,实现了快速发展。从 2001 年开始,周边 20 个村庄先后自愿并入华西村,形成一个联系紧密的新型经济文化共同体。大华西的村域面积扩展到 35 平方千米,村民人数达到 3.5 万人,加上外来人口,总数达到 5 万人,实现了共同富裕。有"中国第一钢村"之称的江苏省张家港市永联村,35 年前,村域面积只有 0.54 平方千米,村民 800 人,年人均收入为 68 元,村集体负债 6 万元。1978 年,永联村办起了 8 家小工厂,几年后,又办起了钢材厂。今天的永联村,村域面积扩展到 10.5 平方千米,村民人数达到 10 528 人。2012 年,永钢集团资产总额达到 320 亿元,村民年人均收入为 28 760 元。

老华西村和老永联村很自然地成为其所在村庄群的经济中心和政治中心,而经济中心的形成恰恰是村庄群成熟的标志。

大华西和大永联又已经成为其所处地域的经济中心,发挥着示范、服务与带动其所在区域发展的作用。

二、村庄群具有多方面优势

大华西和大永联,是当前较为成熟村庄群的典型案例。通过分析这两个案例,可

以对村庄群发展的特点与优势做如下概括:

1. 发展村庄群是两全之策

有关统计资料显示:在2000年至2010年的10年间,我国的自然村数量由363万个减少到了271万个,有占村庄总数1/4以上的90多万个村庄消失了。

一个村庄消失,意味着其原有的还可以使用的房屋和基础设施被拆毁或被废弃,意味着这个村庄的居民要搬迁到另外的地方安家,为此,就要建设新房子、配套基础设施。上述无论哪一个环节,都会带动国内生产总值(GDP)数据的增长,所以,如果以GDP作为唯一的衡量标准,这样的变迁是积极的、有益的。然而,中国是一个发展中的大国,我们的人均资源并不宽裕,这就决定了我们的发展必须坚持节约、节俭的原则。90多万个村庄的拆毁、废弃,造成可用房屋资源与基础设施资源的巨大浪费,与此相关的新建又需要投入大量的资金、建材与土地,而规模巨大的建设活动又造成严重的环境污染,需要花很多钱、很长时间来治理。这就引发了一个问题:以如此严重的浪费换来的GDP,是有效的GDP吗?

历史悠久,是我国村庄的共同特点。许多村庄都有数百年甚至上千年的"村龄",都有自己丰富的历史文化积淀,一个村庄就是一个历史文化的基因库。90多万个村庄消失了,也就意味着90多万个历史文化基因库的消失。这是无可挽回的损失。

村庄是农民的家园,是农民的"根",是农民乡愁的载体。村庄消失,乡愁无依,这是GDP不可计算也无法计算的损失。

村庄是历史文化的载体。一个村庄的历史文化价值,常常不是无论什么人都能够一眼看清的。随着休闲农业的发展,村庄里那些过去似乎很不起眼的老房子一下子变得身价百倍。这种变化,让我们对于村庄历史文化的经济价值、经济功能有了新的认识。我们不知道在已经消失了的那90多万个村庄中,到底有多少文化瑰宝,有多少可资开发、利用的宝贵资源已经被毁弃。我们需要找到一条既能保全我们祖上留下的村庄,又能实现产业规模化发展的两全之策。

农业产业带带动下的村庄群建设,就是这样的两全之策。村庄群将自己发展的基础建立在原有村庄之上,它不切断历史,而是渐进式发展。

2. 发展村庄群有利于实现资源的节约、集约利用

近年来,为了推动增长,许多地方大力建设园区式新社区。这种新社区多为较大规模的新建居民点,其重要作用之一是安置被拆除村庄的农民。也就是说,新园区的建设是与村庄的拆除密切相关的:为了建设新园区,必须拆除老村庄。在城市中,大拆大建已经成为一种习惯,成为"常规",为了加快增长,人们不但一味地拆除老房子、老街区,就连新建的大楼也难逃劫难,尽管我们的建筑质量在不断提高,钢混结构被普遍使用,"百年大计,质量第一"的口号深入人心,然而,我国建筑的平均寿命却一再"缩水",缩短到了只剩下30年。

这就牵涉发展方式的一个根本性问题:新的发展是不是一定要以毁弃既有资源为前提、为代价?既有资源是不是注定不能适应新发展的需求?

以GDP为核心的传统发展方式,已经将人类社会带入了严重的生态危机。转变发展方式,坚持以人为本,坚持节约、集约利用资源,已经成为必然的选择。这一选择,

关系到人类的命运。村庄群的发展,不是毁弃一些资源另建一些资源的过程,而是原有的发展主体(村民)在更大规模、更大空间,通过分工合作,科学、合理地开发、利用其既有资源(包括山水林田湖草和房屋、基础设施、产业等),实现集约化、规模化发展的过程。

人多地少是我国的国情,我们的发展方式必须与此相适应。与我国相比,美国是人少地多的国家。美国高度机械化的大农业是在其"人少地多"的条件下形成的,它有高效的优势,也有高能耗、高污染、高补贴的弊端,我们不能照搬。中国的农业应该走与自己资源禀赋相适应的"精耕细作"之路,努力提高资源产出率,把一切能利用的资源都充分利用起来。在这一方面,村庄群有自己的优势,更有利于"精耕细作"农业的发展。

3. 村庄群为农民的发展提供了广阔的空间

发展村庄群,最基本、最主要的工作是引导农民把自己从"一亩三分地"和与此相联系的思维方式中解放出来,提高农民的组织化程度,引导、组织农民以合作之力,依托、整合村庄既有的资源要素,推动产业发展,构建现代化的产业体系,实施与此相适应的村庄物质空间的调整、建设。通过这一过程,调动农民的积极性、主动性,提高农民的创造能力和对于市场经济的适应能力,使农民得到发展与提升,这是实现乡村振兴的根本目标和必要条件。

4. 村庄群更有利于发挥市场配置资源的决定性作用

我国新农村建设的成就是毋庸置疑的。然而,过度行政化也是一个突出的问题。在许多地方,政府的主导作用过度,遏制了市场配置资源的作用,压缩了农民意愿表达与实现的空间。许多地方农民"被上楼",上楼之后经济状况并未得到相应的改善。

产业带和村庄群,可以为农民提供他们熟悉的,同时又比他们各自的村庄大得多的活动空间和丰富得多的资源。在村庄群发展中,村庄之间、农民之间的联系与合作是在自愿、平等、互利的前提下按照市场规则进行的,市场配置资源的决定性作用由此可以得到不断的增强。

5. 发展村庄群有利于形成新型小城镇

城镇是从农村空间中生长出来的。我国市场经济条件下"三农"现代化的发展将使数量众多的村庄群破土而出,村庄群或村庄群的经济中心将有可能成为新的地域经济中心,有可能发展成为新型小城镇。

义乌30余年来的城镇化,走的是一条农民和村庄向中心城区集聚的路。数以百计的城中村就地变成了城市建成区的一部分。村庄群的发展,有可能形成另外一条城镇化路径:村庄群原地提升自己,逐渐"生长"为新型小城镇。

华西村实际上已经成为这样的新型小城镇。

相比之下,华西村与建制镇的区别,仅在于它创造了一种"村企结合"的管理机制而没有设置相应的镇一级的行政管理机构。事实证明"村企结合"能够适应村庄群发展的需要。若就经济实力、影响力、辐射力、服务能力而言,华西村远远地超过了许多建制镇。

在"村企结合"的管理体制中,企业、村庄的集体经济组织和各种类型的农民专业合作社,都可以发挥积极而又重要的作用。

村庄群以一业为主,多业融合发展、快速成长,将迅速缩小自己与城市的差距,将拉动乡村振兴,加快我国城乡融合发展的步伐。

6. 发展村庄群有利于人尽其才

乡村振兴是国家大计,是农民的大事。农民、农业、农村的发展,需要坚强的领导核心。坚强有力的农村基层党组织,就是这样的核心;优秀的农村基层党组织书记,就是农村基层党组织和农民的带头人。了解农村情况的人都知道,一个诚心为民的党支部书记,对于村庄的发展是何等的重要。华西村、永联村和其他许多先进村之所以能够创造骄人的业绩,有一个好书记是其共同的、根本的原因。我们需要培养千千万万名优秀的农村党支部书记,这是一项长期而又艰苦的工作,必须做好而又不可能一蹴而就。让经过实践考验的、优秀的党支部书记承担起更大的责任、领导更大范围的工作,应该是一个解决优秀党支部书记资源不足的好办法。在华西村、永联村,随着村庄群规模的扩大,原先只管自己那个村庄事务的党支部书记,现在负责十几个甚至几十个村庄的管理工作,成为一方有威望的群众领袖。在村庄群这个远比村庄大得多的平台上,他们的忠诚与才华得到了充分展示的机会。在工作实践中,他们言传身教,带出了为民服务、作风过硬的村庄群领导班子,为乡村振兴提供了更多的人才。

第三节 村庄群规划建设思考

我国有 6.19 亿乡村人口(2014 年年底数据),有 270 多万个村庄。在我国许多地方,农村空间人口稠密,村庄密度很高,彼此之间举目相望、鸡犬相闻。当农业、农村现代化进程发展到一定水平,当农业产业带中村庄的合作逐步密切起来,村庄群便应运而生。

正如同在空间上彼此邻近、在产业上形成较为密切合作关系的若干个城市会发展为城市群一样,在空间上彼此邻近、在产业上形成较为密切合作关系的若干个村庄会发展成为村庄群。

正如同城市群由于合作而力量倍增一样,村庄群的生产力、创造力、影响力和辐射能力是其成员村庄各自为政时所无法与之相比的。

正如同城市群仍然是城市一样,村庄群仍然是村庄。所以,村庄群的规划建设,是乡村振兴战略中的一项重要工作,是美丽乡村建设的组成部分,应该遵循乡村建设的客观规律。

正如同城市群是城市的一种特殊形态一样,村庄群也是村庄的一种特殊形态。所以,村庄群的规划建设必须充分考虑村庄群与一般村庄的区别,必须充分考虑村庄群的特殊性,必须坚持从实际出发,不断创新。

以农户各自建房为主要内容的村庄建设方式,沿袭了数千年;改革开放催生的以村庄为单位统一规划、统一建设的村庄建设方式,也已经有了 20 年左右的实践;在可以预见的未来,一部分联合成为村庄群的村庄则需要适合自己的规划建设方式。

初步设想,村庄群的规划建设应该注意以下几个方面的问题:

（1）坚持以人为本。坚持以人的发展为核心，围绕人和产业展开建设活动，以推动产业振兴、促进农民增收为目标。

（2）节约、集约利用资源。充分利用既有资源，从产业体系发展需求和农民改善居住条件、丰富文化生活等需求出发，对既有建筑进行调整、改建、扩建和功能置换，力求物尽其用。

（3）确保绿色。绿色是村庄的生命线，村庄群规划建设必须确保村庄的绿色特征、绿色优势。从空间结构看，村庄群可以称之为"组团村庄"——在村庄群内，各个村庄建成区之间应保留宽阔的绿色（农业）空间，使每一个成员村庄均处于农田、林地、水面的包围之中。

（4）加强村庄之间的合作、分工。在村庄群发展中，村庄之间、农民之间的联系与合作是在自愿、平等、互利的前提下按照市场化的办法进行。

（5）加强文化建设。在村庄群内部，各个村庄都应该传承自己的历史文化传统、保持自己的特色。同时，村庄群应该注重文化建设，通过传承与创新，形成村庄群的文化传统、文化特色。

（6）加强资源建设。正如同村庄建设应该对整个村域统筹考虑一样，村庄群的建设同样应该对村庄群的整个空间区域进行统筹安排，而不能仅限于在各个村庄建成区内建房修路。应将资源建设列为村庄群建设工作的重中之重，统一规划，开展高标准农田建设、水系治理和植树造林，以多村合作之力重整河山，打造现代化的山水林田路渠体系，推动产业带、产业体系转型升级。

（7）加强村庄群内外联系。村庄群应建立便捷、高效的对外交通、通信联系；村庄群内部应建设良好的交通系统以促进合作。

（8）不盲目冒进。一个好支部和一个成熟的产业带是村庄群形成与发展的必要条件。当这两个条件尚未同时具备的时候，任何良好的主观愿望，任何权威的指标、指令，都不可能生造出村庄群。

旅游精品线路规划的出现，使我国的村庄建设规划实现了由单一的"点"（村庄）的规划发展为"点"的规划与"点"（村庄）、"线"（沿线村庄）相结合的规划并存；村庄群建设规划则将为我国的村庄规划增添又一新的类型，实现"点"的规划、"点线结合"的规划与"面"（村庄群）的规划三者并存的格局，将会对我国城乡规划体系、规划理论、规划方法的变革产生深刻的影响。

近年来，义乌已经陆续编制了相当数量的村庄连片规划和旅游线路规划。这些规划中已经包含着村庄群规划的成分，如上溪镇"十里桃花坞"、赤岸镇"欢乐田园"、大陈镇"万亩竹海"等旅游精品线路规划都打破了村庄边界的樊篱，着力整合相关村庄共同的优势资源（如桃花、竹海），构建跨村域的特色产业带，从而增强相关村庄之间的联系与合作。2017年编制的《义乌市美丽乡村"画里南江"山水休闲精品线路概念性规划》，规划范围涉及义乌江最大支流南江下游沿岸东上、梅林、钟村、陈村、画坞坑等10余个村庄（图5-8）。

这个规划的背景，是双江湖建设规划——在南江汇入义乌江的两水交汇处开发建设双江湖水利枢纽工程，它同时又是一项重大景观工程和城市建设工程。双江湖规划

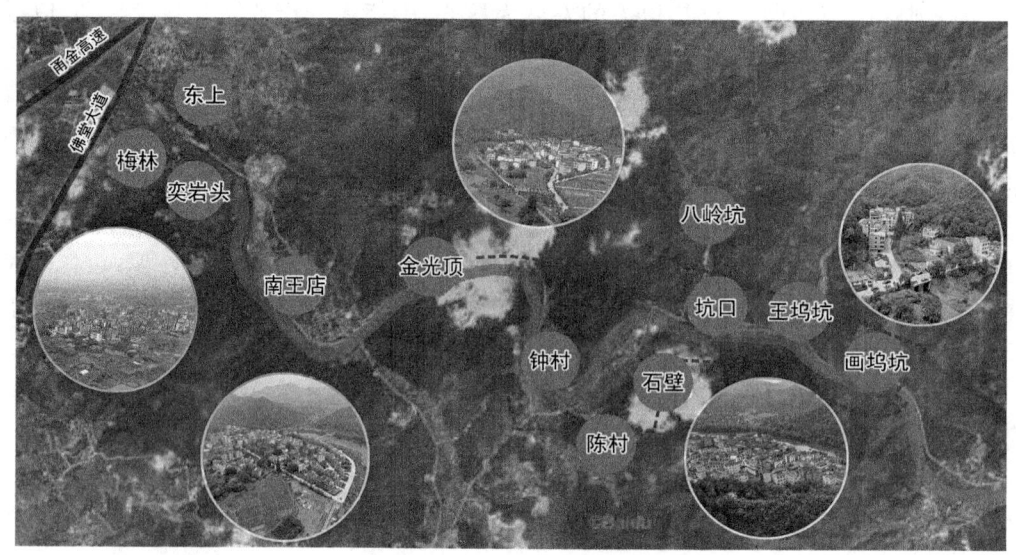

图 5-8 "画里南江"规划范围

为"画里南江"规划所涉及的 10 余个村庄提供了发展的大好机遇。根据"画里南江"规划，它们将共同组成一条以田园风光、山水美景为主打产品的精品旅游线路，以南江为轴的资源整合、产业整合、空间整合势在必行。在这一过程中，上述村庄之间的合作与分工必将不断增强（图 5-8）。

2018 年，在编制传统村落保护与发展规划的时候，人们发现，同处于义乌最高峰大寒尖北麓的赤岸镇尚阳村和朱店村这两个传统村落，村庄建成区之间仅一溪相隔，它们有相同的优势，也面对相同的矛盾和问题，这两个传统村落的保护与发展规划完全可以"合二为一"。两个村子的保护与发展规划合起来做，能够实现优势互补，避免无谓的竞争，回旋的空间更大，资源配置也更加方便。尚阳村是义乌南部最偏远的村庄之一，它南邻永康市，西南为武义县，西接金华市，是义乌南部山区一个重要的对外交通节点。历史上，尚阳村曾是乡政府所在地，是周边地区的政治、经济中心，集聚着为周边地区（包括邻县、市相关地区）提供服务的传统服务业。在今天的条件下，如果尚阳村能够与朱店村联合起来，并与同处于大寒尖北麓的前川村、羊印村、莱山村、上方村、大桥村和杨盆村等山区村落结成联合体，共同开发大寒尖山地旅游业，一个具有丰富历史文化积淀的山区旅游产业带便将应运而生。在这个产业带里，每一个村庄都是一个特色鲜明的景点。与此同时，一个依托绿水青山资源和历史文化资源而繁荣兴旺的村庄群，也将崛起于义乌南部的绿水青山之间。合二为一的尚阳村和朱店村，或将发展为这一村庄群的中心，其主要功能之一是大寒尖旅游区的游客集散中心，大量的现代服务业功能将集聚于此（图 5-9、图 5-10）。

伴随着上述这些规划的编制，义乌的村庄群规划将逐步浮出水面，义乌的村庄建设方式也将步入新的发展阶段。

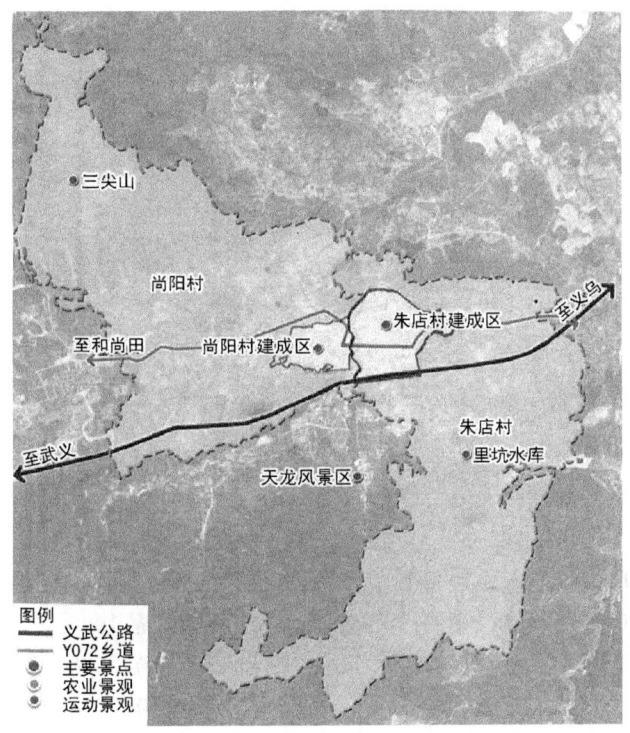

图 5-9 尚阳村和朱店村区位图

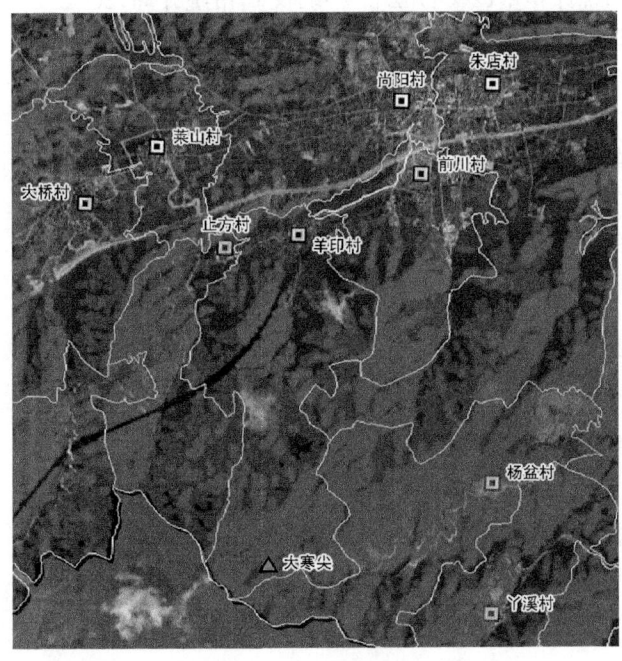

图 5-10 大寒尖北麓村庄

主要参考文献

国家统计局.第三次全国农业普查主要数据公报[Z].北京:国家统计局,2017.
国家统计局.中国统计年鉴(2009)[M].北京:中国统计出版社,2009.
国家统计局.中国统计年鉴(2015)[M].北京:中国统计出版社,2015.
义乌市统计局.义乌市第三次农业普查主要数据公报[Z].义乌:义务市统计局,2018.
义乌市统计局.义乌统计年鉴(1999)[Z].义乌:义乌市统计局,1999.
义乌市统计局.义乌统计年鉴(2000)[Z].义乌:义乌市统计局,2000.
义乌市统计局.义乌统计年鉴(2001)[Z].义乌:义乌市统计局,2001.
义乌市统计局.义乌统计年鉴(2002)[Z].义乌:义乌市统计局,2002.
义乌市统计局.义乌统计年鉴(2003)[Z].义乌:义乌市统计局,2003.
义乌市统计局.义乌统计年鉴(2004)[Z].义乌:义乌市统计局,2004.
义乌市统计局.义乌统计年鉴(2005)[Z].义乌:义乌市统计局,2005.
义乌市统计局.义乌统计年鉴(2006)[Z].义乌:义乌市统计局,2006.
义乌市统计局.义乌统计年鉴(2007)[Z].义乌:义乌市统计局,2007.
义乌市统计局.义乌统计年鉴(2008)[Z].义乌:义乌市统计局,2008.
义乌市统计局.义乌统计年鉴(2009)[Z].义乌:义乌市统计局,2009.
义乌市统计局.义乌统计年鉴(2010)[Z].义乌:义乌市统计局,2010.
义乌市统计局.义乌统计年鉴(2011)[Z].义乌:义乌市统计局,2011.
义乌市统计局.义乌统计年鉴(2012)[Z].义乌:义乌市统计局,2012.
义乌市统计局.义乌统计年鉴(2013)[Z].义乌:义乌市统计局,2013.
义乌市统计局.义乌统计年鉴(2014)[Z].义乌:义乌市统计局,2014.
义乌市统计局.义乌统计年鉴(2015)[Z].义乌:义乌市统计局,2015.
义乌县志编辑委员会.义乌县志[M].杭州:浙江人民出版社,1987.

图片来源

图 1-1 源自:义乌市城市规划设计研究院《大陈二村小区详细规划(1999—2010 年)》.

图 2-4 源自:义乌市城市规划设计研究院《后宅街道岩南村旧村改造规划》.

图 2-7、图 2-8 源自:义乌市城市规划设计研究院《稠城街道田畈村旧村改造规划》.

图 2-10、图 2-11 源自:义乌市城市规划设计研究院《浙江省义乌市月白塘社区规划设计》.

图 3-1 源自:义乌市城市规划设计研究院《上溪镇溪华村村庄建设规划》.

图 3-6 源自:义乌市城市规划设计研究院《上溪镇溪华村村庄建设规划》.

图 3-9、图 3-10 源自:义乌市文物保护管理办公室.

图 3-11 源自:义乌市城市规划设计研究院《义亭镇缸窑村文化古村建设及旅游产业发展规划》.

图 3-18、图 3-19 源自:义乌市城市规划设计研究院《义亭镇缸窑村文化古村建设及旅游产业发展规划》.

图 5-1 源自:义乌市城市规划设计研究院《义亭十里红糖飘香乡村精品线路规划》.

图 5-3 至图 5-5 源自:义乌市城市规划设计研究院《义亭十里红糖飘香乡村精品线路规划》.

图 5-8 源自:义乌市城市规划设计研究院《义乌市美丽乡村"画里南江"山水休闲精品线路概念性规划》.

图 5-9、图 5-10 源自:义乌市城市规划设计研究院马欣、方毅绘制.

注:其余未标明来源的图片均为笔者拍摄或绘制。

表格来源

表1-1 源自:笔者根据《义乌统计年鉴(1999)》《义乌统计年鉴(2009)》相关数据绘制.

表1-2 源自:笔者根据《义乌统计年鉴(1999)》《义乌统计年鉴(2005)》《义乌统计年鉴(2009)》《义乌统计年鉴(2015)》相关数据绘制.

表1-3 源自:笔者根据《义乌统计年鉴(1999)》《义乌统计年鉴(2005)》《义乌统计年鉴(2009)》《义乌统计年鉴(2015)》《义乌统计年鉴(2012)》相关数据绘制.

表4-1 源自:笔者根据义乌市社会主义新农村建设领导小组办公室提供的调研数据绘制.

表4-2 源自:笔者根据《义乌统计年鉴(2001)》《义乌统计年鉴(2005)》《义乌统计年鉴(2009)》《义乌统计年鉴(2012)》相关数据绘制.

表4-3 源自:笔者根据《义乌县志》《义乌统计年鉴(1999)》《义乌统计年鉴(2002)》《义乌统计年鉴(2012)》相关数据绘制.

后记

创建中国特色城乡规划建设理论体系,是建设中国特色社会主义这篇大文章中不可或缺的一个章节。义乌新时期的村庄建设,发展快、成绩大,遇到的问题多。在创新中前进,在前进中创新,是其突出特点。正是在这样的过程中,义乌人积累了经验,创新了理论,为义乌发展、为创建中国特色城乡规划建设理论体系做出了自己的贡献。

乡村振兴战略的实施必将掀起新一轮村庄建设高潮,本书选取义乌村庄建设的几个案例加以分析、介绍,以资借鉴。

本书在写作过程中,得到义乌市城市规划设计研究院领导和同志们的大力支持,余凌、张俊芳、谭剑、张立文、傅国庆等同志无私地提供他们的规划作品,马欣、楼倩、虞晗亮、金永平、陈倩、陈红、田佳、方毅等同志为搜集、处理资料奔走辛劳,做了大量的工作,在此一并致谢。

牛建农